JEAN-FRANÇOIS CHABAS

La MALÉDICTION de Karl von Karotte

Illustrations :
Églantine Ceulemans

DIDIER
JEUNESSE
Mon Marque-Page +

Pour Kim.

What would an ocean be without a monster lurking in the dark? It would be like sleep without dreams.

Que serait un océan sans un monstre qui rôde dans l'obscurité ? Ce serait comme le sommeil sans les rêves.

Werner HERZOG.

Chapitre 1

– Non ! Monstre infâme ! Ne touche pas à mon bébé ! Aaaaah !

– Je fais ce que je veux, je te ferais dire ! Je le touche si j'ai envie, vu que c'est moi le chef !

– Nooooon !

– Ha ! Ha ! Ha ! Ha ! Pauvre mortelle ! Je vais le...

– Ace ? Ace, tu es là ? J'ai besoin de toi à la réception !

Et voilà. Voilà. Bravo.

Chapitre 2

Je ne sais pas si on me laissera finir mon œuvre. Peut-être qu'elle restera inachevée, comme le *Requiem* de Mozart. À ce rythme – je veux dire, si on me dérange toutes les dix minutes –, j'ai calculé que mon roman ne serait pas terminé avant mes quatre-vingt-dix-sept ans. Et comme j'ai fêté mes dix ans il y a un mois, il y a un certain nombre d'accidents ou de maladies louches qui pourraient entretemps m'empêcher de boucler ***Le Gnou-garou***. Ça se passe en Afrique. Il y a un sorcier méchant, dans un village, qui se transforme en gnou à la pleine lune, et il...

– Ace ? Je ne vais pas t'appeler des heures, j'ai du travail !

– Oui, maman, j'arrive !

Qu'est-ce que je disais ? Jamais tranquille.

Je m'appelle Ace Puppy, et je vis avec ma mère, Jane Puppy, à l'hôtel des Sirènes-Vertes. Nous ne sommes pas clients, hein, mais propriétaires. N'imaginons pas que ça fait de nous des millionnaires. C'est un très petit hôtel, et une fois que maman a fini de payer les factures, il nous reste tout juste de quoi vivre. Nous sommes installés au sommet d'une falaise qui surplombe l'océan. Mais comme cette falaise est petit à petit rongée par les tempêtes, un jour les Sirènes-Vertes finiront dans les vagues. Il vaudrait mieux qu'il n'y ait personne à l'intérieur. Quand le vent se lève, toute la bâtisse craque et gémit à la façon d'un navire dans la tourmente, et alors je pense à mon père, Adrian Puppy, qui s'est noyé en sautant du plongeoir de dix mètres, à la piscine.

Je suis trop petit pour l'avoir vu : j'avais un an. C'est Alexander – mon oncle paternel – qui m'a raconté. Mon père a voulu faire un plongeon, mais il a glissé au moment de s'envoler dans les airs, et il a fait un plat.

Il est resté là, à flotter sur le ventre, sans bouger.

En fait, il n'a plus jamais bougé.

Maman n'a pas voulu d'un autre homme. J'imagine qu'Adrian Puppy devait être tout à fait incroyable, parce que, comparé aux autres... Enfin, je ne sais pas comment exprimer ça clairement ; disons que, pour Jane Puppy, le plus magnifique des play-boys restera toujours un crapaud infect à côté de son défunt mari. Et le plus intelligent des savants géniaux ne sera guère plus qu'un âne bâté. Mais ma mère est extrêmement belle, et c'est là que ça se complique.

Parce qu'avec un physique comme le sien, on n'est jamais tranquille.

C'est d'ailleurs un spectacle très intéressant pour un garçon : j'apprends beaucoup. On pourrait imaginer qu'il y a quelque chose d'effrayant à se promener dans l'existence en étant aussi ravissante que Jane Puppy, parce qu'on suscite des convoitises – un peu comme si on était un gigot d'agneau et qu'on faisait tous les jours son footing au milieu d'une meute de loups. Oui, ma mère pourrait être une espèce de proie. Sauf... sauf qu'elle est très maligne, et puis aussi un peu sarcastique. Quelle que soit l'approche des prétendants – certains tournent en rond comme des requins avant d'attaquer, d'autres foncent sur elle comme des faucons, d'autres encore lui sautent dessus comme des lynx –, l'issue est toujours la même : ils repartent en saignant. C'est métaphorique, bien sûr : elle ne leur donne pas des coups de hache. Mais elle a des mots qui coupent.

L'année dernière, un client est venu passer trois jours à l'hôtel. C'était un avocat d'entreprise, beau parleur et très sûr de sa grande culture, qui balançait avec une voix grave et forte des phrases super compliquées et parlait de livres tordus pour impressionner ma mère. Mais, chaque fois qu'il s'adressait à elle, Jane Puppy répondait par une sorte de gloussement stupide, une espèce de « hi ! hi ! hi ! » suraigu donnant tellement l'impression qu'elle était idiote que ça aurait pu finir par m'inquiéter si je n'avais surpris, au matin du deuxième jour, un éclair de malice diabolique dans l'œil de ma mère. Elle l'a complètement écœuré, ce gars-là. Il est reparti, les sourcils froncés ; je crois qu'il est encore à se questionner.

Alors, pour que tout soit clair, je m'en voudrais d'insister, mais oui, ma mère est vraiment la plus belle. À ce degré, je dirais que c'est mythologique.

Les Sirènes-Vertes sont situées dans les faubourgs de Pumpkinfairy, la ville la plus ensoleillée des États-Unis. (C'est en tout cas ce que dit la publicité de l'office de tourisme, et c'est parfait, ça fait venir la clientèle.) Ici, normalement, c'est tranquille. Très tranquille. Très, très, très, très tranquille. À la limite du cimetière, je dirais. C'est-à-dire le genre de bled où le journal local fait un article de sept pages sur la rénovation du terrain de baseball. Où les dames restent quatre heures chez le coiffeur, à discuter de trucs super pas passionnants. Où on marche très lentement dans les rues, pour faire passer le temps.

Mais vous vous doutez bien que je ne prendrais pas la peine de vous raconter mon histoire s'il n'y avait que ça à dire.

Parce qu'il s'est passé quelque chose de terrifiant à Pumpkinfairy.

De terrible.

D'angoissant, d'effroyable et de pétrifiant.

(Quand on est écrivain comme moi, on a beaucoup de vocabulaire.)

Il s'est passé quelque chose d'atroce chez nous.

Mon roman, ***Le Gnou-garou*** – qui est un pur texte d'horreur –, eh bien, c'est de la gnognote à côté de ce que nous avons vécu en vrai. Et je sais ce que vous vous dites, parce que je penserais pareil si j'étais à votre place : « Mais qu'est-ce qu'il attend, avec son bla-bla ? Allez, vas-y, Ace, raconte ! » Du calme, les enfants. Chaque chose en son temps. Je vais d'abord vous parler de ma copine. Enfin... de celle qui sera sûrement bientôt ma copine, et qui s'appelle Ksenia Popovska. Non ? Vous ne voulez pas ? Il vous faut tout de suite l'histoire horrible et abominable ?

Bon...

Comme je vous l'ai déjà dit, il fait toujours beau à Pumpkinfairy. Surtout au mois de juin, au moment des vacances d'été ; exactement le moment où a commencé notre histoire. Ce qui nous est tombé dessus, le 7 juin, nous a donc beaucoup étonnés. Et ça venait de l'intérieur des terres, pas de l'océan, ce qui était encore plus bizarre. Parce que, normalement, le mauvais temps surgit toujours du large, chez nous. Je me souviens que j'étais en train de parler avec Ksenia, devant les Sirènes-Vertes, quand j'ai entendu le tonnerre. J'ai d'abord cru que c'était un avion, mais ma future petite copine, qui me faisait face, a écarquillé les yeux en désignant quelque chose derrière moi dans le ciel. Je me suis retourné et j'ai lâché d'une voix rauque :

– Bon sang !

Si ma future copine n'avait pas été là, j'aurais peut-être gémi : « Maman ! » ou poussé un cri de souris ridicule ; mais je me surveille devant Ksenia. Le nuage qui venait des terres était noir comme du charbon. Et puis énorme, et aussi gonflé qu'une brioche de l'enfer. Il disait clairement : « Je ne suis pas là pour faire de la peinture sur soie, ça va faire mal, c'est le moment de cacher les mioches, de sortir les escargots et les grenouilles, et de fermer les volets. » Ksenia a mis les poings sur ses hanches.

– Ooooh, oh ! Je crois que je vais rentrer chez moi.

– Non !

– Comment ça, « non » ? Tu vois ce que je vois ?

– Euh, je veux dire, tu peux venir dans l'hôtel, j'ai un nouveau jeu génial qui...

– *Niet. Da zvidania*[1] *!*

Elle a enfourché son vélo bleu, et elle est partie en pédalant à toute vitesse. Ses longs cheveux blonds flottaient derrière elle comme une queue de comète, et je me suis dit : *Elle est trop belle.* J'avais énormément répété cette phrase dans ma tête au cours des quatre derniers mois. Et, dans la foulée, j'ai aussi pensé : *Peut-être qu'ils ont raison. Peut-être*

1. Non. Au revoir !

que c'est une espionne. Oui, c'était un des bruits qui couraient à Pumpkinfairy. Les Russes – Ksenia et son père – étaient des espions, venus chez nous pour... on ne savait pas trop pour quoi, mais, sûr, c'étaient des espions. J'étais amoureux d'une espionne russe.

Je l'ai regardée, qui disparaissait derrière une colline, j'ai soupiré, et je me suis retourné vers le nuage. Un éclair monumental en a jailli, et la foudre a frappé l'antenne-relais de téléphonie, avec un claquement qui m'a fait tressaillir.

Je me suis réfugié dans l'hôtel. Ma mère, assise à la réception, a grommelé :

– Pas de réseau !

Qui est la plus jolie ? me suis-je demandé. *Ksenia, ou maman ?*

C'était assez difficile de comparer, parce que Jane Puppy avait une peau noire, presque bleue, alors que ma future copine était blanche comme un lavabo, avec des veines mauves qui ressortaient sur ses bras à la façon d'une carte des rivières. Ksenia avait des cheveux cendrés qui lui tombaient jusqu'aux fesses, et ma mère affichait une coupe afro qui lui dessinait une grosse boule autour du crâne. Et puis bon, quand même, Ksenia avait dix ans, et ma mère, trente et un.

– C'est la foudre, ai-je déclaré.

– Comment ça ?

– La foudre est tombée sur l'antenne du téléphone.

– Encore une de tes élucubrations ! Au mois de juin ! La f...

Un coup de tonnerre phénoménal a interrompu ma mère. J'ai juste levé un sourcil, parce que je voulais avoir la victoire modeste.

– C'est incroya...

Un autre grondement a ébranlé tout l'hôtel. Je me rappelle très bien m'être dit : *Ce n'est pas normal.*

Effectivement, ça ne l'était pas. Mais j'étais encore loin du compte. Si j'avais su ! Si seulement... Par exemple, ça aurait changé pas mal de choses, si les habitants de Pompéi avaient prévu l'éruption du Vésuve, si les gens de Tokyo avaient pu anticiper Godzilla, si les Indiens avaient eu le temps de se préparer contre les cow-boys... Mais voilà, le destin frappe sans prévenir. Implacablement et inexorablement. Sans pitié, comme qui dirait.

Chapitre 3

– Hé ! Hé ! Hé !

– Non ! Lâche-moi, sale gnou ! Lâche-moi !

– Hé, hé, hé, hé, même pas peur !

– Traître ! Tu crois que tu es fort mais en fait, c'est même pas vrai, c'est moi le plus fort ! Foi de Muntumbo, je te terrasserai !

– Râââàh !

– Prends ça dans tes dents !

Muntumbo fit au Gnou-garou une prise de karaté avec le tranchant de la main. Mais le monstre (qui était très souple) réussit à l'éviter et, en échange, il balança une patte dans le nez de Muntumbo. Notre héros avait les deux narines qui saignaient et il n'avait même pas de coton à mettre dedans, mais il lui en fallait plus pour pleurnicher.

– Aïe ! Tu vas me le payer très cher !

– Mon pauvre Muntumbo, comment tu me fais trop pitié, quand est-ce que tu comprendras que tu ne peux rien faire contre moi ? Je fracasse la face des girafes, et aussi des lions et des éléphants, parce que je suis… le Gnou-garou ! Alors c'est pas une mauviette d'humain qui va faire la loi dans ma savane…

– Ace ?

Oh non, non ! Pas en pleine action… Pas en plein milieu de l'inspiration !

Je me suis renversé dans mon fauteuil pour crier, par-dessus mon épaule et à travers la porte de ma chambre :

– Ah, non, maman, là, ça ne va vraiment pas être possible, désolé !

Donc…

… c'est pas une mauviette d'humain qui va faire la loi dans ma savane, OK ? On peut savoir à quelle vitesse tu cours ? Et combien tu pèses ? T'es vraiment trop ridicule, Muntumbo, va jouer avec tes Playmo…

La porte de ma chambre s'est ouverte d'un coup, et la voix glaciale de Jane Puppy a résonné.

– « Ça ne va pas être possible » ? Tu me confirmes que j'ai entendu ces mots ?

J'ai mis mes mains à plat sur ma figure, et j'ai fait tourner mon fauteuil à roulettes.

– Maman…

– Hmmm ?

– Est-ce que tu sais ce que ça veut dire, « riche » ?

– Quelle question !

– Je veux dire, riche... riche !

– Je ne vois pas trop le rapport avec le fait que tu dois m'aider à plier les draps, mais tu as dix secondes pour m'expliquer, ça me passionne...

– Tu vois mon ordi ? Tu vois cet écran ? Et tu vois les lignes sur cet écran ?

– Ace, je n'aime pas beaucoup le ton de...

J'ai écarté les bras d'un coup.

– Il y a des fortunes là-dedans ! Des fortunes ! On va s'arracher mon roman ! Un gnou-garou ! Non mais, tu te rends compte ?

– Euh...

– Un gnou-garou hypra-fort et féroce ! Et un héros trop cool, et une héroïne russe super belle, qui...

– Russe ? a questionné ma mère, avec une grimace sardonique.

– Justement ! Russe ! Pourquoi pas russe ?

– Tu as une imagination prodigieuse, mon fils. Cette fois, je suis certaine que nous finirons millionnaires.

– Milliardaires ! Il y a les traductions et les adaptations en films, en séries, et aussi les jeux vidéo !

– Les jeux ?

– Oui, j'ai déjà des idées. Qu'est-ce que tu penses de ***Gnou-garou Land*** ? ou alors ***Call of Gnou-garou***, ou...

– Ace…

– … *World of Gnou-garou* ?

– Viens m'aider. Il y a beaucoup de linge.

Eh oui, j'ai suivi maman. Je crois que les génies créateurs sont des incompris. Mais ça rigolera moins quand je ferai des tours de quartier dans ma Ferrari rouge toute neuve, et que j'aurai ma Rolex, et ma chaîne en or massif autour du cou, avec mon prénom écrit en gros.

Ce que je crois, c'est que tout ce qui s'est passé à Pumpkinfairy il y a un mois a libéré mon… ma puissance créatrice. Si on prend par exemple Peter Parker : il a été piqué par une araignée radioactive, et du coup, paf, il est devenu Spiderman. Ou alors David Banner : il a mangé une bonne dose de rayons gamma, et repaf, voilà Hulk. Eh bien moi, c'est la catastrophe qui a changé mon cerveau. Mais je devrais peut-être dire les catastrophes – au pluriel –, parce que ç'a tout de même été assez sévère, dans le coin. Je veux parler de ce qui nous est arrivé, dans notre petite ville tranquille, et qui a fait un truc à mes neurones, à mes synapses, me transformant ainsi en super écrivain. Si toutes ces abominations n'avaient pas eu lieu, est-ce que j'aurais jamais eu l'idée du **Gnou-garou** ? Bien sûr que non ! Je serais resté un petit garçon banal, et puis je serais devenu un ado banal, et un adulte trois fois plus banal. Quel artiste le monde aurait perdu !

Alors que là, la gloire m'attend.

Celui qui a tout provoqué est arrivé au soir du premier orage, qui avait endommagé l'antenne de téléphone. L'électricité venait aussi de sauter, si bien que lorsqu'il a ouvert la porte des Sirènes-Vertes, sa silhouette s'est détachée sur un fond d'éclairs bleutés.

Il était tout petit.

Petit, rabougri, riquiqui.

Et il avait sa fameuse mèche.

Je veux dire, elle n'était pas encore fameuse, mais elle allait le devenir.

J'étais à la réception. À cette époque je n'étais donc pas encore un grand romancier, et j'avais du temps à perdre, alors je jouais à *Candy Crush Friends Saga* sur mon téléphone. Je l'ai vu arriver jusqu'au comptoir. Il boitait légèrement et, à la lumière de la veilleuse verte du plafond, j'ai vu qu'il portait un long ciré noir luisant d'eau de pluie.

– Fous n'êtes pas gomplets, che suppose ? a-t-il demandé d'une voix grinçante.

J'ai posé mon téléphone.

– Pardon ?

– Fous auriez une champre ?

– Ah, euh, oui, bien sûr, attendez, j'appelle maman.

– Très pien. Pendant ze temps, che fais chercher mes pagaches.

– Pagaches ? Ah ! Bagages ! Vous avez besoin d'aide ?

– *Nein*.

Ma mère était dans son bureau, à faire de la comptabilité devant l'ordinateur, mais celui-ci devait être en fin de batterie, et son écran n'éclairait presque plus.

– On a un client ! ai-je annoncé.

– Superbe ! a-t-elle répliqué d'un ton sinistre. Ça nous en fait trois, nous sommes sauvés.

– Euh, non, deux. Mme Pimplebottom est partie ce matin.

– Nom d'un chien, c'est vrai. Et il est comment, notre nouveau ?

– Il a un accent bizarre.

– Karl von Karotte.

– Karotte ? Comme une...

– *Ja !* Mais avec un « k ».

Cet accent, dans la pénombre, cette silhouette ratatinée... Il était spécial, celui-là. Maman aussi était un peu mal à l'aise, je le sentais.

– Vous êtes sûr que vous ne voulez pas une chambre double, monsieur Karotte ? Elles sont plus spacieuses, et nous en avons justement une avec une superbe vue sur la m...

– *Nein !* Zimple, *bitte*[1].

– Nous allons vous mettre dans la 5, elle est très bien. Est-ce que...

1. S'il vous plaît.

– Che désire une champre paire.

– Une... ?

– Paire. *Eine* numéro pair.

Jane Puppy a échangé avec moi un coup d'œil alarmé, qui signifiait clairement : « Qu'est-ce qu'il raconte, le maboul ? » Mais quand on tient un hôtel – surtout s'il est presque vide la moitié du temps –, la devise « Le client est roi » prend toute sa mesure, et maman a répondu, sur un ton suave :

– La 6, disons-nous ? Elle est très bien aussi. Comptez-vous rester longtemps, monsieur Karotte ?

L'étrange visiteur a levé la tête vers le plafond. À ce moment, l'électricité est revenue, et l'homme a mis sa main devant ses yeux, en grognant :

– *Ach ! Taufel*[1] *!*

C'est alors que j'ai vu son visage, dans la clarté retrouvée de la réception ; et je n'ai pu retenir un cri de surprise.

1. Diable !

Chapitre 4

Notre nouveau client avait, sur la joue gauche, une sorte de cicatrice extraordinaire. On aurait dit une empreinte digitale, mais qui aurait été celle d'un géant, tant elle était énorme. Et elle était noire, comme imprimée à l'encre. Pas à la façon d'un tatouage, toujours un peu verdâtre. Non, un noir profond, qui ressortait sur une peau tellement blafarde que Ksenia, comparée à Karl von Karotte, aurait été bronzée. La coupe de cheveux de cet homme était aussi, à elle seule, une énigme. M. Karotte était chauve, mais sur le dessus de la tête seulement, si bien qu'il avait laissé pousser très long les cheveux survivants du côté droit, et qu'il les rabattait sur le dessus, comme un capot de voiture. Mais tout cela tenait mal, et la masse de ces cheveux – qui étaient, en plus, teints en noir – glissait sur ce crâne lisse ; on aurait dit qu'une bête velue, un genre de rat ou de belette, se promenait sur la tête de Karl von Karotte.

Maman m'a regardé, en pinçant très légèrement les lèvres ; elle est forte pour ça. J'ai eu envie de rire, mais en même temps, ce client était... inquiétant. Je sais que c'est facile à dire après coup. Quand un tueur en série finit par se faire arrêter après avoir découpé en morceaux la moitié de sa ville, on trouve toujours un voisin pour affirmer : « Il avait l'air louche. » Mais bon, ce que je dis est vrai. Je me souviens très bien que j'ai trouvé peu rassurant ce bonhomme rabougri. Maman, elle, est du genre courageux. Ou plutôt, téméraire. Et s'il y en a qui ont besoin qu'on leur explique la différence, eh bien, courageux, c'est quand on grimpe haut dans un arbre aux branches fragiles pour aller y sauver un chaton ; téméraire, c'est quand Dracula vous dit : « Je suis venu te chercher pour t'emmener au royaume des morts », et que vous lui répondez : « Alors, toi, premièrement, tu ne me tutoies pas... »

Ma mère est témérairement ineffrayable. Ce n'étaient donc pas une mèche de cheveux-capot de voiture, ni une marque sinistre sur la joue, ni un accent tordu qui allaient la perturber. Elle a redemandé à Karl von Karotte :

– Vous serez là longtemps ? Et peut-on savoir ce qui nous vaut le plaisir de votre séjour à Pumpkinfairy ?

– *Nein. Und Nein.*

– Veuillez m'excuser ?

– *Nein*, je ne zerai pas là longtemps. *Und nein*, fous ne pouffez pas zafoir.

J'ai vu les doigts de Jane Puppy qui se crispaient sur le comptoir. Et j'ai littéralement lu dans les pensées de ma mère : *Les factures... Les factures, pense aux factures...*

– Parfait ! a-t-elle lâché, après une infime hésitation, faisant ainsi preuve d'une maîtrise admirable. Parfait, parfait ! Je vois que vous avez deux valises, faut-il vous les monter ?

– *Nein*. La clé, *bitte*.

– C'est un savant fou qui a inventé une... une bombe horrible, et...

– Ace ! Je t'en prie. Ce n'est pas parce qu'il a l'accent allemand... Regarde, moi, j'ai fait de l'allemand en classe, et j'ai eu un correspondant très gentil qui...

– Mais tu as vu comme ce Karotte est désagréable ?

– Mon garçon, si tous les gens désagréables étaient des savants fous qui fabriquent des bombes, on aurait du souci à se faire.

– Il est quoi, alors ?

– Il est client.

– Mais...

– Et il paye !

– Ouais, eh ben, quand il fera des sacrifices humains dans la 6, il ne faudra pas venir te plaindre.

– Tu me suggères donc, mon cher fils, de virer M. Karotte, et tu proposes de me payer à sa place ce qu'il rapporte ? C'est très généreux de ta part, Ace, je te remercie. Je te signale au passage qu'il a signé pour la pleine pension. Il doit prendre tous ses repas ici. Ça va te coûter une petite fortune de remplacer tout ce... Oh ! Mais, que je suis tête en l'air ! Tu n'as pas d'argent !

– Hmpf.

– Comme tu dis ! Nous allons donc, le temps qu'il faudra, supporter ce Karotte, son sympathique caractère...

– ... et sa cicatrice maléfique ?

– Exactement.

L'interphone a sonné. C'était la 6 qui s'affichait en rouge. J'ai décroché, et la voix grinçante a résonné dans l'écouteur.

– Alka-Seltzer !

– Euh... monsieur Karotte ?

– Ch'ai mal à la tête. Alka-Seltzer, aspirine ! *Schnell !*

Clac. Il avait raccroché. J'ai foudroyé du regard le combiné, ce qui n'était sans doute guère efficace, mais qui m'a fait un peu de bien.

– Qu'est-ce que ça veut dire, *schnell* ? ai-je demandé à maman.

– « Vite », pourquoi ?

– Il va vraiment beaucoup me plaire, ce type.

Un autre orage, encore plus violent que le premier, est venu à la nuit. Secoué dans mon lit par les grondements du tonnerre, je n'ai pas réussi à dormir. Puis j'ai sombré dans un sommeil vaseux, dont j'ai été sorti par un hurlement dans mon oreille.

– Alka-Seltzer !

– Hein ? Euh, quoi ? Qui, que, que... Quoi ?

J'avais le cœur qui battait à tout rompre, et j'étais trempé d'une transpiration froide qui m'a fait frissonner. La foudre a frappé, quelque part, tout près, avec un claquement métallique ; ma chambre a été illuminée par la vive lueur de l'éclair, jaillissant des interstices des volets. *C'est juste un rêve*, me suis-je dit. Mais j'ai quand même pris ma tablette pour me rassurer avec un petit coup de *Candy Crush*. Lorsque j'avais apporté de l'aspirine au nabot à capot, il avait reniflé avec dédain, et grommelé :

– Fous n'afez pas plutôt de l'Alka-Seltzer ?

– Maman dit que c'est pareil, monsieur Ka...

Il m'avait arraché le tube sans un merci, avant de me claquer la porte au nez avec tant de force que la plaque « 6 », sur le battant, avait glissé de côté.

– Ace ! Éteins ça, et dors !

J'oubliais : c'est une autre caractéristique de ma mère. Elle est voyante. À chaque fois que je prends mon téléphone ou ma tablette pour jouer la nuit, elle se manifeste presque aussitôt. À chaque fois ! Sa chambre n'est pas collée à la mienne – en fait, il y a dix mètres de couloir qui nous séparent –, et je ne crois pas qu'elle soit allée jusqu'à installer une caméra de surveillance chez moi. C'est juste qu'elle a une espèce d'instinct infaillible, ou alors, j'y ai pensé, une capacité supra-humaine, comme ces chiens de chasse avec leur odorat dix mille fois plus développé que celui des hommes. Je ne peux donc pas jouer dans ma chambre la nuit.

– J'ai fait un cauchemar ! ai-je répliqué pour me justifier, d'une voix pleurnicharde qui m'a écœuré moi-même.

De toute façon, un nouveau grondement de tonnerre a étouffé mes excuses.

Chapitre 5

– **Muntumbo ! Encore toi ! Ton heure a sonné, cloprote !**

Cloprote ? Colporte ? J'ai regardé sur Dictionary.com.

– **Cloporte ! Ton heure a sonné !**

– **C'est ça ! Dans tes rêves ! Tu vas avoir besoin d'Alka-Seltzer !**

Humm... mon roman se passait en Afrique, dans la savane. Est-ce que c'était logique, que Muntumbo connaisse l'Alka-Seltzer ? C'est dur, d'être écrivain. Il faut beaucoup se documenter. Dans le doute, j'ai corrigé.

– **Tu vas avoir besoin de sparadrap !**

– Bonjour madame Puppy ! Ace est là ? On a rendez-vous pour faire du vélo.

Cette voix ensorcelante qui venait de la réception ! Cet accent ! J'ai tout laissé tomber, et je me suis précipité dans le hall. Ksenia Popovska souriait à maman, et ses dents étaient tellement blanches qu'elles m'ont fait penser à un piano. Sans les touches noires, évidemment.

– Je suis là ! Je suis là !

– *Zdrastvouitie*[1], Ace ! Je disais à ta mère que tout est presque reconstruit ! Et en un mois à peine !

– Oui, l'hôtel sera encore plus beau.

Comme toi, ai-je ajouté en pensée. Je me suis aussitôt réjoui de ne pas avoir sorti ça à voix haute. Ma mère aurait ri de moi jusqu'à la fin des temps. Elle m'observait justement, avec ce petit sourire en biais qu'elle a lorsqu'elle me voit en présence de ma future petite copine.

– C'est incroyable, ce qu'il y a eu, a encore dit Ksenia, plus pour Jane Puppy que pour moi. Mais on ne saura jamais exactement, *da*[2]?

Elle pouvait être très malicieuse, et elle savait me mettre sur des charbons ardents. J'ai répondu en pensée : *Si, on sait, toi et moi. Nous, on sait. Seulement, on ne peut pas le dire à maman... ni à personne, d'ailleurs.*

J'en avais le cœur qui saignait. Je trouvais ça affreux d'être obligé de cacher des choses importantes à ma mère, surtout qu'elle venait d'affronter de terribles dangers qui auraient pu la transformer en steak haché, ou en purée – et peut-être pire encore. D'ordinaire, malgré sa sévérité de dragon, je ne lui dissimulais jamais rien, je ne pouvais pas. Ça finissait

1. Bonjour.
2. Oui.

toujours par sortir. Mais là, Ksenia et moi avions juré, et on ne rigole pas avec les serments, surtout s'il y a du surnaturel dans l'air.

– Si je veux, je vais plus vite que toi !

– Euh, je ne voudrais pas te vexer, mais premièrement je suis un garçon, et deuxièmement mon vélo a vingt et une vitesses, et toi, c'est...

Ksenia a démarré, me laissant sur place. Cette fois, ses cheveux ressemblaient aux flammes qu'on voit derrière les navettes spatiales, au décollage. Cette fille était extrêmement sportive. Tout à fait... tout à fait comme une espionne, qu'on aurait entraînée dans un camp. Et cet accent séduisant ! Pas comme celui de Karl von Karotte.

Ça me fait penser qu'il faut que je revienne à ce qui s'est produit, il y a un mois. Alors, fous êtes prêts pour l'afenture ?

– *Nein !*

– Mais... monsieur Karotte...

– *Nein, nein, nein, nein !*

– Ça fait quatre jours que vous n'avez pas quitté votre chambre, on ne peut même pas faire le lit, et maman dit que...

– Si fotre mère a quelque chose à tire, elle n'a qu'à fenir elle-même !

– Euh, monsieur Karotte, je serais vous, je ne parlerais pas comme ça...

En effet, Jane Puppy, dix minutes plus tôt, m'avait soufflé : « Cet abruti ne veut pas sortir de la 6. Aussi bien, il a déjà fait de la chambre une porcherie. Et en plus, il faut le servir là-haut, il refuse de descendre à la salle à manger. J'ai une terrible envie de le virer, mais bon, il paye, il paye... En tout cas, il vaut mieux que ce soit toi qui continues à lui monter les repas, Ace, parce que je n'aurai pas la patience.

– Oui, parce que moi, au contraire, ça m'amuse beaucoup d'aller me faire crier dessus par Mister mèche.

– C'est une très bonne occasion, mon fils, de faire tes preuves dans l'hôtellerie. Il y a de temps en temps des clients dans ce genre, et c'est très enrichissant d'apprendre à les... »

Le téléphone avait sonné, ma mère avait décroché, et la voix grinçante était sortie du combiné : « Carlsberg ! Glacée ! » Jane Puppy avait très lentement raccroché ; dans ses yeux, brillait le désir de torture et de meurtre. Elle avait chuchoté : « Je vais t'en donner, moi, de la bière, espèce de sagouin... » De plus, le mauvais temps n'avait pas cessé. C'est-à-dire que depuis l'arrivée de Karl von Karotte, les orages s'étaient succédé, tous plus violents les uns que les autres, si bien que les Sirènes-Vertes s'étaient vidées : le maboul était désormais notre seul client.

« Je la lui monte, sa Carlsberg », avais-je dit.

Et j'étais là, devant le nabot hargneux et ses « *nein, nein, nein* »...

– Che parle comme che feux ! Je zuis client ! Le client est roi, *nein* ?

Herr Karotte, qui m'avait arraché la bouteille des mains, s'apprêtait à me claquer la porte au nez (ce qui semblait être son sport favori), lorsque j'ai dit, sur une impulsion :

– Vous ne nous avez pas apporté le beau temps, n'est-ce pas, monsieur ?

On aurait pu croire que le gaillard était déjà assez pâle comme ça, mais en entendant ma phrase, il est presque devenu transparent. Il a laissé tomber la bouteille sur son pied, sans même paraître le remarquer, et il a bredouillé :

– *Was*[1] ?

J'ai été plutôt surpris de cette réaction. Notre dernier client avait l'air terrorisé.

– Eh bien... Normalement, il fait beau, surtout en juin. Mais depuis que vous êtes arrivé, c'est le déluge non-stop...

– Che ne zuis pas responsaple ! Che n'ai rien fait !

Ouh, là, là. Peut-être qu'il était vraiment, vraiment cintré, celui-là. Évidemment qu'il n'était pas responsable des orages ! C'était idiot, comme idée. Idiot, et... Mais pourquoi ressentait-il le besoin de me le dire ? Vous savez, comme les menteurs maladroits qui se défendent d'une accusation

1. Quoi ?

alors qu'en premier lieu ils ne sont même pas accusés. Sans trop savoir pourquoi – peut-être juste parce qu'il nous avait exaspérés depuis des jours –, j'ai ajouté, au hasard :

– Ooooh, mais si, monsieur Karotte ! Mon petit doigt me dit que vous avez un peu fait quelque chose.

Sa mâchoire s'est mise à pendre comme celle d'une marionnette à fil. Et c'est en tremblant qu'il a marmonné :

– Xoxoloitzpatacoatl...

Ça ne ressemblait pas du tout à de l'allemand. À tout hasard, j'ai suggéré :

– Vous pouvez répéter, monsieur Karotte ?

Mais le regard du client de la 6 était perdu dans le vague. Ses joues étaient parcourues de frissons, et son œil droit clignait.

– Vous... Ça va, monsieur ?

Soudain, le nabot a sauté sur place en hurlant :

– *Der Fluch ! Der Fluch !*

Il est malheureusement retombé sur la bouteille de bière, ce qui l'a propulsé en arrière dans sa chambre, les quatre fers en l'air. Je l'y ai suivi pour essayer de l'aider, et c'est ainsi que j'ai découvert les parchemins. Il y en avait partout. Partout, partout. Sur la moquette, sur le lit, punaisés sur les murs. Des dizaines de parchemins jaunis, parfois moisis, qui donnaient l'impression de... de je ne sais pas quoi, mais en tout cas, pas d'une chambre d'hôtel moderne et proprette. Karl von Karotte s'est redressé sur un coude.

– *Ach !* Mon tos ! Che crois que che me zuis cassé le tos !

Sa mèche avait glissé sur son crâne, et pendait de côté. Il avait l'air si misérable que j'en ai oublié le reste, et je me suis accroupi près de lui.

– Fous... pardon, vous vous êtes cassé le dos ? Vraiment ?

– La souffranze est intoléraple ! *Ach !* Achaïeaïe !

– Je vais appeler maman !

– *Nein ! Stop ! Nein !*

– Mais...

– Za fa peaucoup mieux ! Che... Che n'ai presque plus mal !

– Mais... il y a dix secondes, vous disiez...

– Regartez, che me lève ! Che... che gambate !

– Vous gambatez ? Aaaah ! Gambadez ?

Von Karotte se forçait à sourire tandis qu'il zigzaguait dans la chambre en essayant d'éviter de piétiner les parchemins. Il se tenait le dos, complètement courbé, et cette tentative de sourire lui dessinait une grimace tellement horrible que la sorcière de *Blanche Neige*, à côté, aurait ressemblé à Hélène de Troie.

– Oui ! Je gambate ! Che zuis... très content !

Qu'est-ce qui lui prenait ? « Très content ? » Tout à coup, j'ai compris qu'il voulait à tout prix éviter que ma mère surgisse dans la chambre. Et que c'était sans doute à cause des parchemins.

– Je vais vous laisser, monsieur Karotte. Si vous avez besoin de...

– Attendez ! Attendez, cheune homme ! Fous aimez... Fous aimez les tollars ?

– Tollars ?

– L'archent ! Les pillets de panque !

– Euh... oui, je suppose que tout le monde aime un peu l'argent, monsieur Ka...

– Che fous tonne cent tollars si fous fous taisez ! Si fous ne parlez pas à matame Puppy te ce petit...

Le client de la 6 a fait un large mouvement de la main, pour désigner les parchemins.

– ... tésortre.

– Cent dollars ?

– Cent !

Chapitre 6

Le billet était neuf, craquant. Karl von Karotte le tenait d'un côté, et moi de l'autre. Au moment où j'allais prendre l'argent, le client louche (je suppose qu'à ce stade, on pouvait le considérer comme tel) a retenu les cent dollars au bout de ses doigts pincés.

– Fous afez promis, mon garçon !

J'ai tiré d'un coup sec, récupérant le billet.

– Oui, j'ai promis, et je me tairai. Mais il faudrait que j'en sache un peu plus.

– *Aber*[1]... Pas tu tout, tu tout ! Maintenant que fous afez l'archent, fous la fermez, *und das ist genug*[2] *!*

1. Mais...
2. Et ça suffit !

Quand la curiosité mord, elle mord. Pas comme un chihuahua, non. Plutôt comme un crocodile. Alors j'ai quémandé :

– Allez... Monsieur Karotte... un indice ! Vous cherchez un trésor ?

Mister mèche, vibrant d'indignation, a tendu le bras vers la porte.

– Tehors ! *Zukünftiger Gauner*[1] !

Je suis parti.

Ma mère, dans le hall, m'a regardé descendre les dernières marches de l'escalier.

– J'ai cru l'entendre crier ? Je veux dire, encore plus que d'habitude. Il y a un souci ? J'allais monter.

– Il... il trouvait que la bière n'était pas assez fraîche.

J'ai eu honte de mentir. Mais il était hors de question que je trahisse ma promesse. Et puis... cent dollars, hé, hé, cent dollars, j'avais de quoi voir venir.

– Ne le laisse pas te maltraiter, Ace !

– Non, ne t'inquiète pas, maman. Il est juste un peu... siphonné, je ne crois pas qu'il soit dangereux.

– Il ne manquerait plus que ça !

Une fois dans ma chambre, j'ai déplié le magnifique billet. C'était la première fois de ma vie que j'étais en possession

1. Graine de voyou !

d'une telle fortune. *Je connais une espionne russe qui va bientôt se retrouver propriétaire d'une magnifique paire de boucles d'oreilles en diamant, et...* Soudain, ma pensée s'est interrompue, parce que je me rappelais quelque chose. Quelque chose que je voulais à tout prix vérifier. J'ai tapé, sur Google :

Der Fluch, traduction allemand.

Et alors, j'ai lu :

La malédiction.

Mon téléphone m'est tombé des mains, et un coup de tonnerre monstrueux a ébranlé les Sirènes-Vertes.

Une malédiction ! Comme dans *La Momie*, *Jumanji* ou *Pirates des Caraïbes* ! Ici, à Pumpkinfairy ? J'en ai été à la fois terrifié et surexcité. C'est-à-dire qu'une moitié de mon sang s'est glacée – mettons dans mon côté gauche –, et que l'autre moitié, du côté droit, s'est mise à bouillir. Je ne suis pas persuadé que ce soit très bon pour la santé mais, en tout cas, ça réveille. J'ai essayé de raisonner.

Donc, le nabot à capot est maudit ! Bon sang ! Et c'est réel ! Mais qu'est-ce que c'est que ces parchemins ?

Cent dollars ! Cent ! Qui te dit qu'il n'y a pas encore plus de pognon à se faire dans cette histoire ?

Concentre-toi, Ace. Ne sois pas cupide, tu sais que les personnages cupides, dans les films – ceux qui veulent emporter les vases en or et les coffres remplis de diamants –, ce sont toujours eux qui se font bouffer par les scarabées, ou écraser par les pierres géantes, ou...

Attends une seconde ! Il faudrait déjà savoir ce qu'on affronte... Qui dit malédiction dit truc qui maudit, euh, personne qui maudit, ou dieu qui maudit, ou fantôme qui m...

Tout à coup, une possibilité s'est imposée à moi, et elle n'était pas exactement hilarante : si Karl von Karotte était victime d'une malédiction, celle-ci pouvait très bien s'étendre à son entourage... ou à ceux qui vivaient sous le même toit que lui.

Ace... est-ce qu'il ne fait pas un temps supra-pourri depuis que ce type est arrivé aux Sirènes-Vertes ? Rappelle-toi : « Che ne zuis pas responsaple »... C'est ça, la malédiction ! Il fait très mauvais partout où il va !

C'était une explication, mais enfin... il y avait là quelque chose d'un peu décevant. Un mauvais génie qui vous sort : « Je te mauudis ! Partout où tu iras, il fera mauvais temps ! Mouha, ha, ha, ha ! », ça fait petit joueur. Même s'il s'agit d'un très, très mauvais temps.

Oui, Ace, mon petit gars, mais bon, je te rappelle que maman et toi, vous vivez du tourisme, et que si le nabot reste encore un mois ici sous la douche, il n'y aura pas un centime qui rentrera. On finira par perdre l'hôtel. Et puis tu es bien gentil avec ta déception, mais tu es sûr que tu voudrais une malédiction plus grave ? Ça te plairait, de voir débarquer dans le hall des milliards de scorpions, des araignées avec des pattes grosses comme des bananes ?

Et les parchemins ? Pourquoi les parchemins ? Pourquoi étaient-ils étalés partout, comme si le maboul avait voulu s'en servir comme moquette et comme papier peint ? J'avais l'impression de rêver.

Quand on voit les films, quand on lit les livres avec toutes ces aventures, on se dit : « Ça doit être trop génial, je voudrais y être ! » et l'action semble se dérouler toute seule, sans que l'on ait besoin de réfléchir. Pif ! Paf ! Ça part dans tous les sens, on est entraîné dans l'intrigue comme une fourmi dans le tourbillon d'une bonde de lavabo. Mais là, c'était la vraie vie. Et je devais cogiter. Parce que, si pour l'instant il n'était question que de mauvais temps, rien ne me disait qu'il ne risquait pas de se produire autre chose. Autre chose, de considérablement horrible.

Hélas, plus j'essayais de comprendre ce que je devais faire, plus tournaient dans ma tête la mèche de Herr Karotte, les parchemins, les dollars craquants, les éclairs ; le tout assorti de coups de tonnerre assourdissants. Il fallait que je parle à quelqu'un. Mais j'avais juré !

Ace… tu as promis de ne rien dire… à maman, OK ?

OK, Ace.

Mais tu n'as pas promis de n'en parler à… personne, si ?

Non, Ace.

Et… qui est-ce que tu connais, Ace, qui est très intelligente, et qui a l'air d'être une grosse pro pour les secrets, et tout ça ?

Ksenia !

Bingo.

– Il faut qu'on se voie. C'est très important.

– *Ya ne ponimayu.*

– Hein ?

– Je ne comprends pas.

– Ksenia... C'est très important !

– Oui, ça, j'avais compris, Ace, je parle anglais ! Ce que je saisis pas, c'est ce qui est très important.

– Le sort du monde... euh, le sort de Pumpkinfairy... Euh, en tout cas, le sort des Sirènes-Vertes en dépend !

– Allô ? Je n'ai pas bien entendu, Ace, avec le tonnerre. Le sort de quoi ?

– Rââââh ! On ne s'en sortira pas ! On doit se voir pour parler. Maintenant !

– Mais il est neuf heures du soir ! Je suis dans ma chambre ! Mon père ne me laissera jamais sortir aussi tard, et sous l'orage en plus ! Tu sais comme il est sévère !

– Alors je viens !

Et, pour être bien sûr de ne pas entendre « *niet* », j'ai raccroché.

La maison des Popovski est très belle. (Oui, je sais que j'ai dit que ma future petite copine s'appelle Ksenia Popovska, mais en Russie on féminise les noms de famille, alors son père, lui, c'est Sergueï Popovski. En fait, son nom complet, c'est même Sergueï Ivanovitch Popovski, et le nom complet de Ksenia, c'est Ksenia Sergueïovna Popovska. Je pourrais expliquer pourquoi, mais j'ai la vague impression que ça ne va pas passionner les foules.) Alors, comme je vous le disais, la maison de Ksenia et de son père est peut-être la plus belle de tout Pumpkinfairy. Elle n'est pas très grande mais, depuis sa façade repeinte à neuf tous les ans avec des couleurs vives jusqu'à ses rosiers bien taillés aux fleurs énormes et odorantes, tout y est gai, beau, et propre.

Il ne faudrait pas imaginer que ça a endormi la méfiance des habitants de notre petite ville. C'est même exactement l'inverse. « C'est sûr que le géant fait des grands efforts pour les apparences », dit-on. « Et quand on soigne les apparences, c'est bien qu'on a quelque chose à cacher... non ? » Voilà l'ennui avec les rumeurs : elles trouvent toujours du carburant. Si les Popovski vivaient dans un cabanon lugubre aux murs gris, on dirait aussitôt : « Comment voulez-vous que d'honnêtes gens habitent là-dedans ? Il y a là-dessous quelque chose de pas très, très net... »

Mais je crois que ce qui nuit à la réputation des Russes – je veux dire, de nos deux Russes –, c'est le physique de Sergueï. Pourquoi « le géant » ? Parce que le père de Ksenia doit mesurer un peu plus de deux mètres dix. Il a une moustache à l'ancienne, qui remonte sur les coins comme un guidon de vélo. Et il a à peu près l'envergure d'un piano de concert, c'est-à-dire qu'il doit peser cent cinquante kilos, sans une once de graisse. Ses cheveux et sa moustache sont blond cendré. À côté de lui, les Vikings sont des petits bruns.

Parfois, une lueur féroce passe dans ses yeux, les doigts interminables de ses mains immenses s'écartent comme un piège à ours qu'on ouvre, et on se demande s'il ne va pas découper tout Pumpkinfairy à la hache, mais je crois que c'est seulement… je ne sais pas ce que je crois. En tout cas, ce qui est sûr, c'est que Sergueï Popovski est fleuriste. Il a racheté une boutique il y a trois ans, juste après qu'il avait divorcé, et il s'est installé en ville avec sa fille.

Je n'ai jamais vu la mère de ma future petite copine et, comme Ksenia n'en parle jamais et que je n'ose pas aborder le sujet, je me contente de l'imaginer. Elle est sûrement très belle – les chats ne font pas des chiens. Et, puisque Ksenia a une taille normale, je me dis que sa mère ne doit pas, elle, mesurer deux mètres. Je ne sais vraiment que deux choses sur cette femme : son nom est Irina Anatolievna Pouchkina. Et elle est restée en Russie.

Chapitre 7

J'étais passé par la fenêtre de ma chambre, et j'étais descendu en me tenant au tuyau de la gouttière. Sous mes doigts, les torrents d'eau coulaient, qui faisaient vibrer la fonte, et avec ce qui me tombait sur la cafetière, j'avais été trempé avant d'avoir touché le sol. Et maintenant, après avoir pataugé dans les flaques, je me trouvais devant la fameuse très très jolie petite maison des Popovski.

Autant le dire tout de suite : sous un orage, plus rien n'est très très joli. Tout devient même très très très sinistre. Surtout que j'étais déjà bien effrayé, ayant, durant ma course vers le domicile de ma future petite copine, assisté à deux impacts de foudre. L'un d'entre eux à une dizaine de mètres de moi. Il m'avait laissé dans le nez comme une odeur de pétard, et je m'étais dit : *Si tu ne te fais pas tuer par maman quand elle verra que tu n'es pas dans ton lit, tu finiras grillé comme un kebab. Et si par miracle tu échappes à la foudre, c'est le géant qui t'aplatira comme une crêpe parce que tu déranges sa fille chérie. Félicitations, Ace, tu es un véritable génie, c'est vrai que ça ne pouvait pas attendre, tu devais absolument parler à Ksenia maintenant, hein ? Hein ? Âne bâté, abruti, andouille !*

Mais… mais au fond de moi, eh bien, j'étais content. C'est bien beau, les villes tranquilles, sauf qu'on s'y ennuie comme un rat mort. Et là… l'Aventure ! Avec un grand « A » ! J'étais aussi excité qu'une chauve-souris vampire dans une boucherie. Et mort de trouille, en même temps. J'avais un plan, mais je dois reconnaître qu'il était débile : jeter des cailloux sur la vitre de la chambre de Ksenia, pour attirer son attention. Je l'avais vu faire dans les films, ça avait l'air très bien. Sauf qu'avec l'orage qui sévissait, c'est un caillou de quatre kilos que j'aurais dû balancer pour me faire entendre.

Un éclair verdâtre, monumental, ramifié comme les nervures d'une feuille, a éclairé l'océan tout proche. Je me suis vu en train de frapper à l'huis de la maisonnette, simplement, et j'ai essayé de me représenter la tête de Sergueï Popovski quand je lui demanderais : « Je peux voir Ksenia, s'il vous plaît ? » Alors, j'ai ri, nerveusement, malgré les cascades qui me glissaient dans le cou, le dos, et réussissaient même à aplatir mes cheveux. Autant aller voir l'Ogre du haricot géant, ou Barbe Bleue, et lui… Aaaaah !

La porte venait de s'ouvrir en grand, et une tête moustachue était apparue, après avoir glissé sous le chambranle. Un peu comme un dragon qui sort de sa caverne.

– *Dobri vietcher*[1], jeune homme.

Cette voix était tellement grave qu'une seconde, je me suis demandé si ce n'était pas un autre coup de tonnerre.

– Beuh, euh… ai-je finement répliqué.

– On prend sa douche un peu tard ?

(En fait, Sergueï Popovski avait prononcé « On prrrend sa diouche, un peu tarrrrrrd », mais je ne peux pas transcrire tous les accents dans cette histoire, ça serait pénible. Je réserve ce privilège à Karl von Karotte. Il vous suffira de savoir que le fleuriste géant avait un accent russe très prononcé. Ksenia aussi, d'ailleurs. Donc, quand ils parleront dans mon histoire, n'oubliez pas de leur ajouter des « yi », des « ye », et de faire rouler leurs « r » à fond.)

– Ma… ma douche ? Ha ! Ha !

Une main colossale a jailli des profondeurs de la maison, m'a saisi par le paletot, et m'a attiré à l'intérieur. J'ai fermé les yeux. *Mon Dieu, c'est la fin ! Déjà la fin ! Je suis si jeune… Pars bravement, Ace, car tu as…*

J'ai senti une affreuse secousse, qui m'a ébranlé tout entier, et ma tête s'est mise à remuer dans tous les sens. J'aurais voulu crier d'horreur, mais ça bougeait trop, je… j'étais en train de me faire sécher les cheveux à coups de

1. Bonsoir.

serviette de bain par le père de ma future petite copine. Et ça ne s'est pas arrêté tout de suite... Après quelques secondes j'ai essayé de parler, mais c'est très difficile quand on est secoué comme un prunier.

– Mons-euh-hieu-euh-euh-Po-ho-popo-ski-ski-ça-ah-va- ah –, je-euh-suis-hi sec !

Au bout d'un moment tout de même, l'essorage a pris fin, et j'ai ouvert les yeux. Ksenia se tenait devant moi, les bras croisés sur la poitrine, et elle n'avait pas l'air très contente.

– Tu ne te rends pas compte !

– Eh bien, c'est-à-dire que...

– À dix heures moins le quart, en plein orage, sans prévenir...

– Si, je t'ai prévenue tout à l'heure au téléphone, je t'ai dit que j'arrivais !

– Sans prévenir... mon père.

Ma future petite copine avait lugubrement insisté sur ce « mon père » comme si elle avait dit : « Le monstre du lac noir », ou : « Le tigre mangeur d'homme du lak Baïkal. » Je n'ai su que répondre. Mais elle a enchaîné :

– Ça me plaît.

Bon sang. J'ai cru que j'avais mal entendu. J'ai jeté un coup d'œil par en dessous à ma future petite copine, mais elle avait déjà changé de ton.

– Qu'est-ce qui est si important, Ace ? Mon père nous a laissé dix minutes, et pour lui, dix minutes, c'est dix minutes...

– La malédiction !

– Comment ?

– Les parchemins ! La Carlsberg !

– *Ya zapoutalsia*[1] *!* Qu'est-ce que tu racontes, Ace ?

– Bon... Je reprends depuis le début.

– C'est intéressant.

– Quoi ? C'est tout ce que tu trouves à dire ? Il a crié : « La malédiction ! », et en allemand, je te ferais dire ! Il l'a crié deux fois, même !

– Peut-être qu'il est juste un peu... fou ?

– Ah oui ? Ah, alors ça... Ah oui, ah oui ? Et les parchemins ? Et le billet de cent ? Et les orages non-stop ?

– Mon père me dit toujours qu'on ne doit pas accepter d'argent des inconnus.

Je me suis pincé le nez.

– Ksenia... Il y a une ma-lé-dic-tion, dans mon hôtel ! Une ma-lé...

– D'accord. Je t'aide, si tu veux.

– Et puis... Ah ? Tu vas m'aider ? Génial !

– Mais pour l'instant, il n'y a pas grand-chose à faire, *da* ? À part...

1. Je suis perdue !

– À part quoi ? À part quoi ?

– Hmmm... À part utiliser ton cerveau. Rappelle-toi exactement tout ce que ce Karotte a fait, tout ce qu'il a dit, tout ce que tu as vu, quand tu étais dans la chambre 6.

– C'est une technique d'espi... euh, hum... ?

Ksenia m'a regardé fixement, puis elle a lâché, d'un ton glacial :

– C'est de la mnémotechnie. On travaille ça aux échecs.

– Les échecs ? Alors, moi, je préfère *Grand Theft Aut*...

– Réfléchis, Ace !

Cette fille avait un côté plutôt autoritaire ; je crois que j'aimais un peu ça, mais j'aurais préféré mourir dévoré par un grand requin blanc plutôt que l'avouer en public. J'ai fermé les yeux.

– Donc... j'ai apporté la bière... ensuite, on a parlé... il a glissé sur la bouteille... les parchemins partout... et, et... Aaaaatchââââ !

– *Boudté zdarovié*[1] !

– Mersnif. Tu n'as pas un Kleenex ?

– Rien d'autre ?

– Non, merci, juste un Kleenex.

– Ace, *sériozna* ? Je veux dire, tu ne te souviens de rien d'autre dans la chambre 6 ?

Je me suis frappé le front.

1. À tes souhaits !

– Si ! Ça me revient ! Le nabot à capot a crié : « Xiloxo xoxoxo... xolaloo... xolapotailo... xaxolopo... »

– Ace !

Ksenia avait les poings sur les hanches. Elle a regardé sa montre, et elle a dit :

– Il nous reste trente secondes. Tu es bien gentil, avec tes pitreries, mais...

– Pitreries ? Moi ? M... aaaaaaaatchââââ !

– Qu'est-ce qu'il a dit, exactement ?

– Rsnif ! Euh... Xalala... xololaipota... xaolo...

– Hii ! Tu m'énerves !

– Mais je n'y suis pour rien si c'est un mot super dur ! C'est trop injuste !

La porte de la chambre s'est ouverte à la volée, et le fleuriste géant a grondé :

– Je te raccompagne. Dis bonne nuit à ma fille.

Vous aimez le danger ? Vous aimez le suspense ? La torture et même la mort ne vous font pas peur ? Alors vous êtes prêt pour un trajet en voiture sous un orage démentiel, en compagnie de votre futur beau-père de deux mètres dix dont les mains ont la taille d'une pizza familiale, et qui est sans doute un espion russe avec un lourd passé de tueur sans scrupule. Après un long silence – si l'on peut dire, car les coups de tonnerre assourdissants faisaient vibrer notre Lada –, Sergueï Popovski a murmuré :

– Tu connais la cage de Faraday ?

– La... cage ?

J'ai essayé, sans y parvenir, d'avaler ma salive. On y était ! Il m'expliquait – comme le méchant dans un James Bond – l'abominable supplice qu'il allait me faire subir, et après qu'il m'aurait ignoblement assassiné, il m'enterrerait dans un terrain vague, et des années plus tard un cocker trouverait un de mes os, mais ma mère serait déjà morte de chagrin, et...

– C'est un phénomène électrique intéressant. Si la foudre tombe sur notre voiture, celle-ci est isolée par le caoutchouc des pneus. Ainsi, théoriquement, nous ne risquons rien, mon garçon. Faraday était un physicien et un chimiste remarquable. Surtout pour un Britannique.

J'ai lorgné en biais le géant.

– C'est... c'est très intéressant, monsieur Popovski.

– N'est-ce pas ? Une vie passionnante. Mais il n'a pas eu d'enfant.

– Oh, c'est triste...

– Mais s'il avait eu des enfants... S'il avait eu une fille, par exemple... Je suppose que lorsque celle-ci aurait grandi, il l'aurait protégée. Il aurait veillé sur elle, intelligent et intègre comme il était.

– Sûrem...

– Il aurait fichu une bonne raclée à n'importe quel garçon qui aurait manqué de respect à sa fille. Je le crois. Qu'en penses-tu, Ace ?

Chapitre 8

– Je vous en supplie ! Je vous en supplie ! Pas ma mère ! Si vous avez un peu de pitié dans le cœur ! Si vous... si vous êtes humain ! Je vous donnerai... Je vous donnerai cent dollars ! Je les ai là, regardez, tenez ! Ils sont à vous !

– La corruption s'ajoute au crime...

Sergueï Popovski a posé ses mains sur ses genoux. Étant donné sa taille démesurée, ses rotules remontaient devant le tableau de bord, et arrivaient presque au niveau de ma tête. On aurait dit une sauterelle dans une boîte d'allumettes. Il était complètement courbé sous le toit de la Lada et, subitement, j'ai ajouté :

– Vous ne pourriez pas être taxi ! Ça serait très mauvais pour votre dos !

Je ne sais pas ce qui m'a pris. La panique, sans doute. Le fleuriste géant a tordu, entre pouce et index, la pointe droite de sa moustache. Il a eu une sorte de ricanement muet, qui m'a encore plus effrayé. L'orage faisait une pause et un silence extraordinaire régnait, par contraste avec le vacarme des heures précédentes.

– Mon garçon... a commencé mon futur beau-père.

– Non ! Non ! Pitié ! Non !

– *Eta otchen diotchevo*[1] ? Cent dollars ! Tu me sous-estimes, je trouve. C'est très bon marché.

– Vous... vous voulez plus ? D'accord ! D'accord ! Je... j'emprunterai, je travaillerai, et si vous me faites un crédit, je pourrai étaler le paiement, je...

– Ta mère te fait peur à ce point-là ?

– Non, bien sûr, je... Oui.

– Tu es prêt à me donner tes cent dollars pour que je n'aille pas la trouver ce soir ?

– Elle... elle est très fatiguée ! Regardez, il est dix heures trente-quatre, c'est sûr qu'elle dort, elle a besoin de sommeil !

– Donc, tu veux me donner ton argent pour épargner ta mère épuisée ?

– C'est ça ! C'est exactement ça !

– Ace Puppy... C'est très émouvant.

Les grandes prunelles bleues étaient fixées sur moi, et elles étaient absolument impénétrables. J'ai essayé de

1. Je vaux plus que ça, non ?

soutenir ce regard, mais je me suis mis à ciller comme si on me projetait du jus de citron dans l'œil.

– ... Soit, a fini par soupirer le géant. Va. Va te coucher, je ne parlerai pas à ta mère. Mais ne sors plus comme ça seul sous l'orage, c'est dangereux.

– Vous ne voulez pas mon argent ?

– Non. Je suis déjà extrêmement riche ; point trop n'en faut.

– Oh, merci ! Merci, merci, monsieur Popovitch !

– Ski.

– Excusez-moi ?

– Popovski.

– Ski ! Ski !

J'ai attendu que la Lada se soit éloignée. Déjà de nouveaux nuages recouvraient la lune, et la douche allait reprendre sur les Sirènes-Vertes. Contournant la façade, je suis allé escalader le tuyau de la gouttière, jusqu'à ma chambre. J'étais à mi-chemin, mes pieds glissant sur le métal mouillé, lorsqu'une terrible envie m'a pris.

– Aaaaaa...

Non, Non, Ace, non ! Retiens-toi, ne...

– ... tchoubl !

Je venais d'éternuer silencieusement dans la manche de mon tee-shirt, y laissant une infâme traînée de morve. Aucune importance. « Silencieusement », c'était ce qui comptait. J'étais prêt à me baigner dans un tonneau de slime plutôt qu'être entendu par ma mère.

Enfin, j'ai enjambé le rebord de la fenêtre, et je me suis glissé chez moi. J'avais réussi. J'étais vraiment trop...

– Ace ?

J'ai senti que mon ventre se froissait comme un sac en papier, et j'ai arrêté de respirer. Quelqu'un venait de prononcer mon nom, dans l'obscurité de ma chambre.

– Quoi ? C'est qui ? Qui c'est, qui, qui ?

Une lampe s'est allumée et le visage de Karl von Karotte, éclairé par en dessous, m'est apparu tout à coup, au milieu de la pièce. Je ne sais pas comment je n'ai pas hurlé. Pour être honnête, je crois que j'étais tellement épouvanté que j'en avais la gorge trop sèche ; ce qui est sorti d'entre mes lèvres ressemblait au souffle d'un sèche-cheveux. Le client de la 6 a dit :

– *Ach !* Tézolé, che fous ai fait peur !

J'ai posé ma main sur mon cœur. Est-ce qu'on pouvait avoir une crise cardiaque, à dix ans ?

– Monsieur... monsieur Karotte ! Mais comment vous êtes entré dans ma chambre ? C'est fermé à clé !

Le nabot à capot a baissé son téléphone en mode torche, et ainsi, il a éclairé ses pieds, tandis que son visage retournait dans le noir.

– Che zuis un peu pricoleur...

– Vous... vous avez forcé la porte de ma chambre ?

– Hum, *übertreiben wir nicht*[1], ch'ai... ch'ai zimplement crocheté la zerrurre...

– Mais vous êtes à la masse, monsieur Karotte ! Vous perdez la boule ! Trop, c'est trop !

– Ch'ai pensé que ce pillet de cent tollars se sentait peut-être un peu seul.

– Non, mais, monsieur Kar... Une seconde ! Je comprends bien ce que je dois comprendre ?

– Que fous poufez defenir très, très riche, *mein kleiner Junge*[2] ? *Ja !* C'est exactement ce que che tis ! Il me faut *ein... ein* azzistant !

– Un... assistant ?

– *Wunderbach*[3] *!* Nous sommes t'accord, ch'en étais zertain ! Pour commenzer, foilà tonc un autre petit pillet...

Mes yeux s'accoutumant un peu à l'obscurité, j'ai vaguement vu que Herr Karotte tendait le bras.

– Attendez, j'allume.

– *Nein !* Il faut être très prudent !

Trop tard. J'avais appuyé sur l'interrupteur de ma lampe de chevet. Ainsi, j'ai découvert que le client de la 6 était vêtu d'un pyjama vert en pilou, sur lequel étaient dessinés des Bugs Bunny, avec leurs carottes. Le nabot à capot a surpris mon regard et a marmonné :

1. N'exagérons pas.
2. Mon jeune garçon.
3. Magnifique !

– Z'est... z'est un cateau. Un cateau d'une amie pour mon annifersaire ! À cause tes carottes, fous foyez ?

Du coup, évidemment, le maboul m'a paru beaucoup moins effrayant. Je suppose que si on découvre Darth Vader habillé en barboteuse Hello Kitty, on est moins impressionné. En revanche, le billet que Karl von Karotte tenait entre ses doigts crispés avait un « 500 » écrit dessus. J'ai plissé les yeux, croyant avoir mal vu, mais le maudit (puisque, selon lui, il était maudit) m'a susurré :

– *Ja, ja*, cinq zent. *Und* il y en a d'autres pour fous, si fous êtes un pon azzistant !

J'en ai eu la tête qui tournait. Cinq cents, plus cent, six cents...

– Euh... vous êtes sûr, monsieur Karotte ?

– Ace ? Ace ? Tu joues ! Je t'entends !

Karotte-carottes et moi nous sommes figés, une expression d'horreur sur le visage.

Ma mère.

– Non, maman ! J'ai fait un cauchemar ! Ça... ça va déjà mieux !

– Tu parles tout seul, maintenant ? Attends, j'arrive !

Il faudrait un peintre de talent pour représenter la grimace qu'a faite le client de la 6. Parce qu'une photo, ça n'aurait pas été raisonnable. Il est des spectacles qu'il faut, je crois, épargner à l'humanité.

– Sous le lit ! ai-je chuchoté. Vite !

Après une hésitation, Karl von Karotte s'est glissé sous le sommier. Quant à moi, je me suis précipité tout habillé entre mes draps, au moment précis où ma mère entrait dans ma chambre. Elle est venue s'asseoir sur le couvre-lit.

– Qu'est-ce que tu mijotes, Ace ? Mais... tu as les cheveux mouillés !

« Non, non, M. Popovski les a séchés », ai-je manqué de répondre, mais il me restait encore un peu de cerveau, alors j'ai dit :

– J'avais un peu chaud, j'ai... j'ai passé la tête par la fenêtre pour me mouiller.

– Mais... c'est vrai ! Espèce de cochon, tu as vu la flaque que ça a fait ?

J'ai senti, sous mes fesses, un léger coup. C'était Karl von Karotte qui devait trouver sa position inconfortable. Si Jane Puppy percevait cela également, je n'avais plus qu'à prier pour le salut de l'âme du client de la 6.

– Je... oui, je sécherai tout, promis.

– Ace... tu connais l'expression : « Franc comme un âne qui recule » ?

– Euh...

– C'est une antiphrase.

– Euh ?

– Ça signifie : pas franc du tout. Fourbe.

– Je ne vois pas le...

– Tu me caches quelque chose, mon garçon.

J'ai failli avouer : « Oui ! Oui ! Il y a une malédiction dans le coin, et je suis en train de me faire acheter par le maboul qui est super riche mais aussi peut-être super machiavélique, on ne sait pas encore, et j'ai échappé à une mort horrible entre les mains du géant vert – euh, blond – et s'il fait mauvais, il y a une raison ! » Mais – n'est-ce pas un résumé des déboires de l'humanité ? – mon désir ardent des richesses les plus incroyables l'a emporté, et j'ai répliqué, en écarquillant des yeux innocents :

– Pas du tout !

Ma mère a tordu la bouche, puis elle a planté ses yeux dans les miens comme si elle s'apprêtait à faire un forage dans une couche granitique. La perspective de la fortune colossale qui m'attendait m'a donné des forces nouvelles et, comme un sale hypocrite, j'ai marmonné :

– Oh là, là, j'ai trop sommeil... Je crois que je vais bien dormir !

Chapitre 9

– **Alors, le Gnou ? Tu te crois chez toi ? Tu veux peut-être une bonne baffe ? T'es venu te faire raccourcir les cornes ?**

– **Muntumbo ! Encore toi ! Ma parole mais t'es partout, tu ne me lâches pas, t'es trop collant, pire que de la Super Glue-3 !**

« T'es venu », ou « Tu es venu » ? « T'es partout », ou bien « Tu es partout » ? « Tu ne me lâches pas », ou « Tu me lâches pas » ? C'est le métier de grand écrivain : on doit faire des choix de style. C'est sûr que « T'es partout », ça sonne mieux, mais d'un autre côté, « Tu es partout », c'est… comment ? Comment ça : « On s'en fout » ? Quoi ? Vous voulez juste que je continue à raconter mon histoire à moi ? La vraie ? Ça va, j'ai compris.

Karl von Karotte est sorti de sous le lit. Il avait des moutons plein la mèche, mais il affichait une mimique satisfaite.

– Z'est très pien, mon garçon. Très très pien, a-t-il chuchoté.

La honte m'a submergé. J'étais un vendu, un corrompu. J'ai essayé de me convaincre moi-même : *Mais tu avais déjà juré, pour maman, de toute façon. Tu avais promis de ne pas lui parler. Tu tiens ta parole, c'est tout.*

Las, je savais bien que je trahissais ma mère. Aussi, c'est d'un ton morose que j'ai répliqué :

– Très pien ? Che ne zais pas si c'est très pien.

– Fous fous moquez ?

– Hmm ?

– Fous fous moquez de mon accent ?

– Che n'oserais chamais.

– Fous... fous... *Aber... Das ist... das ist... unerträglich*[1] ! Rentez-moi immédiatement mon pillet !

Je me suis vu retourner à la pauvreté, après avoir si brièvement vécu l'Olympe de la fortune. Adieu la PS5 de mes fantasmes, adieu la bijouterie entière que j'allais dévaliser pour mon espionne russe, adieu l'énorme bouquet de fleurs offert par un inconnu que maman allait mystérieusement recevoir... (Je n'avais pas encore résolu le problème de planquer la PS5 hors des regards indiscrets, mais j'aurais trouvé, c'est sûr.) Replonger dans la misère ? Finir comme la petite marchande d'allumettes, tout ça parce que j'aurais voulu faire le malin ?

1. Mais... c'est... c'est... insupportable !

– Pardon, monsieur Karotte. Je ne sais pas ce qui m'a pris. Je suis fatigué. Cela ne se reprotuira plus. Reproduira ! Reproduira !

Le client de la 6 (qui était censé être maudit, ne l'oublions pas) a reniflé, puis grogné :

– Hmmpfgrpff...

– Que... qu'est-ce que je dois faire, contre mon... salaire ?

– Tes gourzes.

– ... pardon, monsieur Karotte ?

– Tes gourzes ! Tes achats.

– Je dois faire des courses ? Vous m'avez donné six cents dollars pour que je fasse des courses ?

– *Warum*[1] ? Il y a un zouzi ?

– Non, monsieur Karotte. Je ferai toutes les courses que vous voudrez. Mais maman...

– Ah ! Fotre mère ne toit pas safoir.

Qu'est-ce que ce gaillard pouvait bien vouloir acheter, qui devait être tu à Jane Puppy ? S'il voulait faire des emplettes du genre lance-roquettes ou paquet de drogue, il y avait peu de chances que des gangsters acceptent de servir un garçon de dix ans. Sauf s'il le leur avait déjà demandé, s'il les avait prévenus ?

– Je ne veux rien faire d'illégal, monsieur Karotte.

– Illékal ! *Quatsch*[2] ! Che zuis un professeur ! Ch'ai tes tiplômes !

---

1. Pourquoi ?
2. N'importe quoi !

– Vous êtes professeur ? Vraiment ?

Karl von Karotte s'est renfrogné, et j'ai compris qu'il pensait en avoir trop dit.

– Foilà un autre pillet. Mais attention ! Zelui-là, c'est pour acheter te la rhuparpe. Il me faut dix-sept kilos de rhuparpe.

Est-ce que j'avais bien compris ?

– Monsieur Karotte... Vous voulez que je vous achète dix-sept kilos de rhubarbe ?

– *Ja.* Pien fraîche.

– Vous... vous voulez faire une tarte ?

– Za me regarte. Che fais tormir un peu maintenant. *Gute nacht*[1].

Je me retournais dans mon lit. Il n'était pas loin de minuit, mais impossible de trouver le sommeil. Ou alors, n'étais-je pas déjà endormi ? En train de poursuivre ce rêve absurde, où tout était vraiment trop... J'ai senti le vibreur de mon téléphone, sous mon oreiller, et quand je l'ai sorti pour regarder l'écran, j'ai lu :

LE DÉMON
DES OURAGANS!!!

Je me suis redressé sur un coude. C'était un message de Ksenia.

1. Bonne nuit.

J'ai répondu :

???

Et elle a aussitôt ajouté :

XOXOLOITZPATACOATL!!!
Ça se prononce
Chocholoitzpatacoatleu!!!

C'était ça. C'était bien le mot que le nabot à capot avait prononcé, après avoir trébuché sur la bouteille de Carlsberg et s'être effondré au milieu de ses parchemins.

c koi?

le d mon!

koi?

le d mon t bouché ou koi?

Xoxo c le d mon?

jen é mar je call

À peine avais-je eu le temps de baisser complètement ma sonnerie que j'ai vu s'afficher le numéro de Ksenia, avec sa photo, et en arrière-plan les dauphins qui sautaient hors de l'océan avec un coucher de soleil et un arc-en-ciel. (Oui, bon, je fais ce que je veux.)

– Je ne peux pas parler fort, ai-je chuchoté.

– Moi non plus !

– Alors, le démon de quoi ?

– Des ouragans, Ace. C'est une divinité poltèque.

– Poltek ? C'est du russe ?

– Pfff ! Du russe ! C'est un dieu du Guatamoli.

– Guataquoi ?

– Le pays d'Amérique latine !

– Ah, oui, bien sûr... le Guatamoli.

– Tu ne sais pas du tout de quoi je parle, hein ? C'est un tout petit État en Amérique centrale. Et il y avait là-bas une civilisation très ancienne, les Poltèques. Ils étaient extrêmement cruels, par exemple ils faisaient beaucoup de sacrifices humains...

– J'en étais sûr ! Je l'avais dit à maman !

– Hein ?

– Les sacrifices humains ! Ce taré de savant fou de maboul de nabot à capot, il...

– Ace, tu ne comprends pas. Ce n'est pas votre client qui fait des sacrifices humains. Ce sont les Poltèques ! Pour leur dieu-démon, Xoxoloitzpatacoatl.

– Mais ce von Karotte n'a pas du tout l'air d'Amérique centrale ! Moi, j'aurais juré qu'il était allemand !

J'ai entendu Ksenia qui soupirait, avec dans le souffle une nuance d'exaspération qui ne m'a pas échappé, alors j'ai fait un effort pour secouer ma fatigue – j'avais eu une journée plutôt chargée – et j'ai ajouté, précipitamment :

– J'ai compris, j'ai compris ! Xoxochose est contre von Karotte ! Il... il le poursuit ?

– *Da.* Je crois.

– Mais... c'est faux ! Je veux dire... c'est des trucs imaginaires. Ils n'existent pas, les dieux-démons poltèques.

– Ah oui ? Et comment expliques-tu les orages de ces derniers jours ? Personne n'a jamais vu ça ici. Et pourquoi ce type se cache dans la chambre sans oser sortir ?

– Euh... Ksenia... si Xoxobidule est vraiment un dieu, tu crois qu'il va être arrêté par une porte ? Ça serait vraiment un dieu en carton, il ferait limite pitié, ha ! Ha !... HAAAA !

C'est là que mon exceptionnel talent de grand écrivain serait utile, mais... Comment est-ce que je peux expliquer ça ? On perd ses mots. C'est ça : on perd son vocabulaire, quand il s'agit de décrire quelque chose de vraiment à part ou de vraiment, vraiment terrorisant. On n'a rien à copier, rien à se rappeler, pas de référence, et puis la peur rend la mémoire fragile.

Il faut pourtant que je décrive ce que j'ai vu dans ma chambre. Donc, j'étais au téléphone avec Ksenia. J'en étais à lui dire qu'un dieu-démon arrêté par une porte aurait été... Passons, je préfère ne pas répéter. « SCHKRABOUM ! » C'est exactement le bruit qu'il a fait en arrivant, et moi, j'ai poussé le hurlement. La voix de Ksenia faisait : « Allô ? Allô ? Ace ? Allô ? » depuis mon téléphone tombé au sol, mais moi, je ne l'entendais plus vraiment. Je regardais la créature qui venait d'apparaître dans ma chambre, au milieu d'un éclair bleu, et qui surplombait mon lit.

Chapitre 10

Elle mesurait plus de deux mètres, et elle... elle avait une sale gueule, si on veut bien me le permettre. Elle était verte, d'un vert émeraude luminescent, mais ses yeux étaient entièrement blancs. La face de cette créature était plate comme celle d'une chouette effraie, et ce visage ainsi que le corps entier de l'apparition étaient recouverts de plumes-flammes. Oui, c'est là que mes capacités d'auteur trouvent leurs limites, parce que je ne sais pas comment l'expliquer autrement : ce qui couvrait cet être n'était pas tout à fait des plumes, pas tout à fait des flammes. Quelque chose entre les deux, et qui n'existait pas. Pas dans notre monde en tout cas. Dans le même ordre d'idée, la bouche de ce monstre n'était pas vraiment une bouche, mais plutôt un bec ; pourtant, quand ce dernier s'est ouvert, j'y ai découvert des petites dents pointues. La créature a tendu la main vers moi.

– Ace Puppy, fils de la Terre...

Encore un accent bizarre. Une voix métallique.

– Au... au secours... ai-je bredouillé, si faiblement que je me suis à peine entendu moi-même.

À ce moment, la porte de ma chambre s'est ouverte en grand, et ma mère est entrée en braillant :

– Non mais ça ne va pas bien ? Qu'est-ce que c'est que ce b...

Elle s'est figée. C'est-à-dire qu'en apercevant le monstre-oiseau, elle est restée immobile, la bouche ouverte, les bras en l'air ; puis, petit à petit, ses bras sont retombés le long de son corps, et les commissures de ses lèvres se sont affaissées. En dix années de vie, je n'avais jamais vu ma mère comme ça. An-ni-hi-lée. Je suppose que c'est ce qui se produit quand on se précipite dans la chambre de son fils pour lui dire fermement sa façon de penser, et qu'on se retrouve devant un grand être vert émeraude aux yeux blancs. Je dois avouer quelque chose. C'est un peu gênant ; une seconde, j'ai éprouvé une espèce de satisfaction, un je-ne-sais-quoi de revanchard, qui devait venir des années où j'avais vécu sous la coupe de l'autorité, et qui disait : « Alors, hmm ? On fait moins la maligne, hein ? Qui fait peur à qui maintenant, hein ? » Mais ça n'a pas duré. Parce que le monstre a tourné la tête vers Jane Puppy qui ne se tenait qu'à un mètre de lui, et il a sifflé :

– Patalcopo patapoxlatata pitaxolomalagatil !

Il y a eu un autre bruit : « CRAPROUF ! »

Et ma mère s'est transformée en biche.

Oui, en biche. Je veux bien dire, la femelle du cerf.

J'ai poussé un hurlement sauvage en m'extrayant de mes draps, et j'ai sauté sur le monstre.

– Touche pas à maman, sale poule verte !

C'était un peu tard pour réagir, hélas. Et puis, autant vous le dire tout de suite, c'est une mauvaise idée de traiter le démon des ouragans de sale poule verte. Il m'a attrapé par une oreille et m'a soulevé du sol, bras tendu, avec un rire hideux : « Crrrrr ! Crr, crrrr, crrrr ! »

– Mon... mon oreille ! Aïe ! Aïe ! Aïe ! Aïe ! Aïe !

Je crois que j'en serais encore à faire « aïe » si le monstre vert ne m'avait pas jeté sur le lit. Ma mère est sortie de la chambre avec un bond gracieux.

– « Poule verte », humain ?

– C'est... c'est ce qui m'est venu, c'est sorti tout seul, monsieur...

– Je suis Xoxoloitzpatacoatl ! Je suis le dieu-démon ! Comment oses-tu m'appeler « monsieur » ?

– Euh... Votre... grandeur ? Votre diablerie ? Altesse ?

– Arrrhhh ! Tu vas encourir la fureur du maître des ouragans ! Plus rien ne peut vous sauver, toi et ta misérable mère ! Plus rien !

– J'ai six cents dollars ! Vous pourrez vous acheter plein de trucs !

J'ai tendu en tremblant les billets que j'avais récupérés sous le matelas. Xoxoloitzpatacoatl a écarquillé les yeux. Est-ce qu'il était intéressé ?

– J'ai aussi une tablette ! Elle est reconditionnée, mais elle est encore très...

« Prffffff... »

Ça a juste fait ce petit bruit, à peine audible, « prffffff ». Et les deux billets ont été réduits en cendres, entre mon pouce et mon index.

J'ai fermé les yeux, mais mon heure n'était pas venue. Soulevant une paupière, j'ai vu que le dieu-démon me regardait, avec ses satanées prunelles blanches.

– Tu héberges un homoncule ignoble, un nain repoussant, un infect asticot...

– Que... ? C'est à quel sujet ? De quoi parlons-nous ?

– Il y a sous ton toit un répugnant, visqueux personnage...

– Aaaaah ! M. von Karotte, vous voulez dire ?

Le monstre vert a hoché la tête, et une flammèche a dansé dans l'air...

– Karl von Karotte, oui, que son nom soit maudit ! Von Karotte le turpide, le fétide, l'innommable, le...

– Monsieur Xoxo...

– Humain !

– Excusez-moi ! Votre principauté ! Votre granderie, votre suprématie ! Vous n'avez pas une sympathie excessive pour M. Karotte, mais pourquoi est-ce que vous venez nous em... euh, pourquoi maman et moi ? On ne vous a rien fait !

– Je requiers tes services, Ace Puppy.

– Mes... Vous avez besoin de moi ?

Les yeux blancs du dieu-démon ont brillé plus fort.

– Je n'ai besoin de personne !

– Bien sûr ! Bien sûr ! Je me suis mal exprimé. Que puis-je faire pour...

Je me suis interrompu, et j'ai repris d'une voix aussi ferme que possible :

– Avant toute négociation, il faut que maman redevienne normale.

Les plumes-flammes du corps de Xoxoloitzpatacoatl ont grandi, d'un coup.

– « Négociation » ? Je peux aussi détruire toute la région, mon petit ami.

– Possible, sire. Mais je ne bougerai pas le petit doigt tant que maman marchera à quatre pattes.

Le monstre s'est penché sur moi, presque à me toucher. Je me suis rendu compte que, lorsqu'on était près de lui, on avait à la fois froid et très chaud.

– Crois-tu, Ace Puppy, qu'un humain de dix ans puisse marchander sans risque avec un dieu-démon ? Tant pis pour toi. Je me passerai de ta servitude. Tu es trop stupide pour...

– AGALTAPOTO ! MARMAMOMO ! ACHA, ACHA, ACHA !
« SCHKRABOUM ! »

Je pense qu'à ce stade, il me faut donner quelques explications.

Je m'étais recroquevillé parce que j'avais compris que j'étais allé trop loin avec la créature lorsque Karl von Karotte était entré dans ma chambre. Il était échevelé – c'est-à-dire que sa mèche tenait en l'air comme par la magie d'un gel puissant, ce qui donnait un peu l'impression qu'on lui avait planté un poireau au-dessus du crâne –, et il brandissait un parchemin dans sa main droite, un autre dans sa main gauche. Puis il avait hurlé : « AGALTAPOTO ! MARMAMOMO ! ACHA, ACHA, ACHA ! » en battant des bras. Ensuite… « SCHKRABOUM ! » le dieu-démon des ouragans avait disparu. Et voilà, le client de la 6 se tenait devant moi. Son souffle était haletant, son visage ruisselait de transpiration. J'ai murmuré :

– Il… il est parti ?

Karl von Karotte s'est essuyé le front avec le dos de la main, et s'est laissé tomber sur mon lit.

– *Ja.* Momentanément.

– Vous m'avez sauvé la vie !

Le petit homme m'a regardé.

– Xoxoloitzpatacoatl fa peaucoup fous en fouloir. Il est du chenre rancunier.

– C'est trop injuste ! Il m'a brûlé mon argent ! Et maman est une biche !

– Une piche ? Mmmm... z'est intéressant. Che me zoufiens qu'il afait métamorphosé *ein* postier en phacochère... Et aussi une tanzeuse en crapaud ! *Ach*... Il est très choueur.

– Joueur ?

– Il atore les animaux.

– *NAPADAAAAAT*[1] *!* YAAAAAH !

Quelques explications ?

Karl von Karotte et moi étions là, à discuter du tempérament de Xoxoloitzpatacoatl, lorsque Ksenia Popovska est entrée dans la chambre, brandissant un balai.

– YAAAAAH !

Et elle a balancé un coup en plein dans le ventre du client de la 6. Moi, je dis que seule une espionne peut être aussi efficace. Ksenia s'est précipitée, le balai brandi au-dessus de la tête, prête à l'abattre sur le crâne à demi chauve. Je me suis interposé en criant :

– Non ! Qu'est-ce que tu fabriques ?

– À ton avis ? Je vais lui botter les fesses, à ce... ce *podonok*[2] !

– Mais il n'a rien fait !

---

1. À l'attaaaaaque !
2. Pourri.

– Ce *svoloch*[1], je vais quand même le... Rien fait ? Il ne t'a rien fait ?

– Il vient de me sauver de Xoxotruc !

Ksenia a posé le manche du balai, un peu comme un soldat qui met son arme au pied, et elle a grommelé :

– Je ne comprends pas. J'étais au téléphone avec toi, j'ai entendu une explosion, alors je suis venue, et je te trouve avec von Karotte dans ta chambre, et... Il n'a rien fait ?

Elle a tendu la main au client de la 6.

– Pardonnez-moi, monsieur, je suis tout à fait désolée...

1. Salopard.

Chapitre 11

– Il faut que je te dise quelque chose de très bizarre, m'a soufflé Ksenia tandis que le nabot à capot défroissait son pyjama du dos de la main. Il y a des tas de petites crottes dans le hall.

– Oui ! Maman est une biche ! C'est elle ! Il faut absolument la rattraper !

Ksenia a tourné la tête vers von Karotte, en affichant une expression sauvage.

– Vous l'avez tapé ? Sur la tête ?

– Che n'ai abzolument rien fait ! Z'est Xoxoloitzpatacoatl !

Je suis sorti de ma chambre en courant. C'était horrible, ma mère était devenue un mammifère ruminant.

Je l'ai trouvée dans la salle à manger, en train de manger une plante en pot.

– Maman ? Maman ? C'est moi, Ace !

Elle m'a regardé en mâchonnant.

– Je vais te sauver !

Et si elle restait comme ça ? Von Karotte et Ksenia se sont glissés derrière moi.

– C'est ta mère ? m'a demandé ma future petite copine.

– Che peux aiter ! a chuchoté le client de la 6. Che peux faire refenir fotre mère à sa forme… orichinale. Mais afant tout…

Ksenia l'a saisi par le col de son pyjama.

– Aidez immédiatement !

Le nabot à capot a glapi :

– Zi on me maltraite, che ne ferai rien tu tout !

– Laisse-le, Ksenia, ai-je soupiré. Qu'est-ce que vous voulez, von Karotte ?

– Fotre aite pour affronter le témon. Et puis le silenze !

– Le silence ? Vous voulez qu'on ne fasse plus de bruit ?

Ksenia a tapé du pied.

– Mais non ! Il veut que tout ça reste secret.

– *Ja.* Fous gartez le zegret, *und* fous m'aitez. Churez-le ! Churez sur… sur la Piple !

– Ça serait malhonnête, je ne suis pas croyante, a répliqué Ksenia. La religion, c'est l'opium du peuple, et…

– *Ja, ja,* ch'ai gompris ! Alors churez sur la tête l'un te l'autre !

– Je jure sur la vie d'Ace, qu'il meure à l'instant si je trahis, a déclaré ma future petite copine.

J'ai surenchéri :

– Je jure sur la vie de Ksenia, qu'elle attrape la lèpre, la gale et qu'on l'opère de l'appendicite sans anesthésie si...

– OK, super, m'a interrompu la redoutable Russe. Maintenant qu'on a promis, von Karotte, qu'est-ce qu'il faut faire pour Mme Puppy ?

– *Nichts*[1].

– De quoi ? *Dourak*[2] *!* Tu vas te prendre un bon coup dans les gencives !

Le manche du balai est passé en sifflant au-dessus du crâne du client de la 6, le manquant de peu, et Karl von Karotte a hurlé :

– Za fa s'arrancher tout zeul ! Za fa s'arrancher tout zeul ! Sauf s'il est très énerfé, en chénéral, le tieu-témon ne laisse pas les chens transformés très...

Comme pour répondre à ces paroles, le bruit étrange – « CRAPROUF ! » pour être précis – a résonné depuis l'endroit où se tenait la biche ; dans un nuage de fumée verdâtre, ma mère est apparue.

Drapée dans un rideau de la salle à manger, Jane Puppy s'énervait.

1. Rien du tout.
2. Sale traître !

– Est-ce que quelqu'un va finir par m'expliquer ce que je fais toute nue ici, en pleine nuit ? Et qu'est-ce que cette petite fabrique dans l'hôtel à cette heure ?

– C'est très simple, madame Puppy, a commencé Ksenia, avec un aplomb impressionnant. Ace a vu que vous faisiez une crise de somnambulisme...

– Toute nue ? Moi, somnambule ? Cette histoire est absolument ridicule !

Le client de la 6 s'est raclé la gorge.

– Râââcracrum ! Matame Puppy, z'est la férité ! Che fous ai fue aussi, fous marchiez comme *ein* ropot, afec les bras tentus comme za...

– Vous m'avez vue toute nue ?

– *Ach !* Pas... pas fraiment. Il faisait très sompre, ch'ai chuste distingué une silhouette.

– Mouais... Ça n'explique toujours pas pourquoi cette gamine est ici...

Ksenia s'est fermement appuyée sur son balai.

– J'ai un oncle qui est somnambule, à Moscou ! Ace m'a appelée pour me demander conseil, et je suis venue pour aider !

– Et peux-tu m'expliquer pourquoi tu tiens ce balai ?

– Eh bien... Regardez, madame Puppy, il y a des tas de petites crottes sur le tapis. Une bête est sans doute entrée dans l'hôtel, et...

– Une bête ? Aux Sirènes-Vertes ? Alors ça !

Ma mère s'est tournée vers Karl von Karotte qui a dit, précipitamment :

– Che n'y zuis pour rien ! Che refuse d'être le pouc émissaire !

Je vais t'en donner, moi, du bouc, espèce de crapule ! ai-je pensé. Mais j'étais tenu par mon serment.

Et Xoxoloitzpatacoatl ? Qu'allait-il faire ? Quand reviendrait-il ? Parce qu'on pouvait être sûr qu'il n'en resterait pas là. J'ai surpris le geste furtif de Karl von Karotte, qui rabattait le haut de son pyjama Bugs Bunny sur les parchemins qu'il avait utilisés pour faire fuir le démon des ouragans. Le pire, c'était que nous n'avions pas seulement juré le silence. Nous avions également promis d'aider le nabot à capot.

Tout à coup, un éclair vert clair a illuminé la porte-fenêtre de la salle à manger, et la foudre a réduit en poudre noirâtre le palmier près de la piscine.

– Le dattier ! Merde alors ! a crié ma mère.

La situation était d'une gravité monumentale ; car jamais, au grand jamais, Jane Puppy ne jurait devant les clients. Et encore. Elle ne savait pas qui s'en était pris au palmier ; elle croyait que c'était juste le hasard de l'orage. Si elle avait pu deviner... En tout cas, elle a arraché le rideau, dont elle s'est drapée. Avec sa tête levée dans une attitude de défi, ses yeux flamboyant de colère, elle avait l'allure de quelqu'un qui s'apprête à lancer une phrase historique en latin ; mais en fait, elle a juste grogné :

– Tout le monde au lit. J'ai bien dit, tout le monde, c'est clair ?

Puis elle est partie à grands pas ; le rideau traînait par terre derrière elle en froufroutant.

J'ai tout de même dormi. Mais quand on s'attend à un « SCHKRABOUM ! » et à l'apparition d'un monstre affreux, ou à un « CRAPROUF ! » suivi de transformations animalières, évidemment, ce n'est pas un sommeil de qualité.

Ksenia nous avait quittés en chuchotant à Karl von Karotte : « Vous saviez très bien que Mme Puppy allait se retransformer toute seule en humaine. Vous nous avez fait jurer pour rien. Mais quand je jure, je jure. Je me tairai, et je vous aiderai. Nous réglerons nos comptes plus tard, *da* ? » Ce qui était assez impressionnant, c'était qu'elle n'avait tout de même que dix ans. Eh bien, j'avais malgré tout surpris dans l'œil du client de la 6 la même lueur d'effroi que lorsqu'il affrontait le démon des ouragans.

Retourné dans ma chambre, je m'étais allongé sur mon lit.

Ace, récapitule. Qu'est-ce que tu sais ? Ce von Karotte est poursuivi par Xoxomachin, le dieu-démon des ouragans. Et il te demande de l'aider en achetant dix-sept kilos de rhubarbe. Bon... il t'a donné six cents dollars, mais Xoxotruc les a cramés, ce sale monstre vert. Et Xoxobidule t'a lui aussi demandé de l'aider. Ensuite, moi je rrrr... je rrrr je ronflllll... pishhh... ronflllll... pishhhhh...

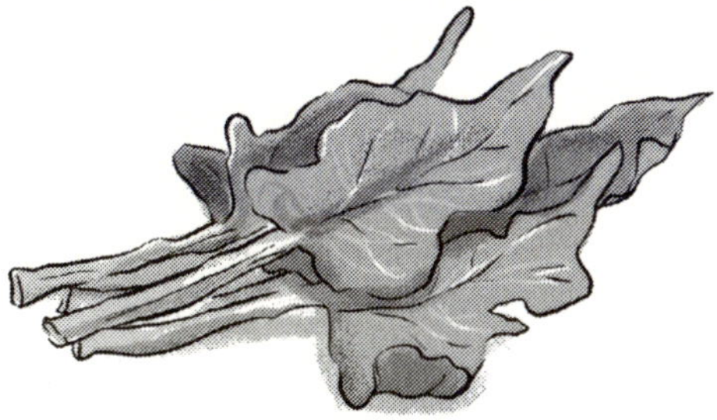

Chapitre 12

Il était grand, vraiment très grand, mais sa couleur avait changé. Il n'était plus tout à fait vert, plutôt... marron. Oui, c'est ça, marron. Et il avait une bonne odeur... Une odeur de quoi ? C'était familier, mais... Snif ? Snif ? J'ai tendu le cou pour sentir, et il m'a murmuré : « Je suis plein de pétales de blé complet... On m'aime au petit déjeuner... je suis... je suis... ? XOXOCAPIC ! »

– Où ça ? Quoi ? Quoi ? ai-je fait en me dressant dans mon lit.

On passait l'aspirateur devant la porte de ma chambre ; c'était ce qui m'avait réveillé. Je suis sorti en titubant. Ma mère a éteint le moteur, et elle a lancé, rageuse :

– Mais qu'est-ce que c'était que cette sale bête ? Elle en a mis partout, et en plus, elle est introuvable ! Elle a aussi mangé le ficus !

« Oh non, c'est juste toi qui étais transformée en biche, tu ne trouveras rien du tout », aurais-je voulu répondre. Au lieu de ça, j'ai gémi :

– Il est cinq heures et demie du matin ! Ce n'est pas un peu tôt pour l'aspirateur ?

– Non. Mon hôtel restera propre. C'est un principe. Dis-moi, Ace… Je m'en veux, je n'aurais pas dû laisser ton amie rentrer toute seule en pleine nuit hier soir. Je vais appeler son père.

– Maman, non, il est très sévère, il… il risque de la euh, de lui, euh…

– Ace, il se passe des choses très curieuses, ici. Et tu sais que je n'ai pas une patience infinie quand on me prend pour une courge. J'ai vraiment fait une crise de somnambulisme ?

Qu'aurais-je dû répondre ? Il était quasiment impossible de mentir à ma mère quand elle avait ce regard-là, mais en même temps, il y avait l'appendicite, la lèpre et la gale pour la future femme de ma vie.

Heureusement, une autre catastrophe s'est produite.

Xoxoloitzpatacoatl a fait très fort.

Évidemment, un dieu-démon des ouragans, ça provoque des dégâts. C'est comme qui dirait dans son cahier des charges. Mais je crois que personne ne s'attendait à ce qu'il fasse exploser la piscine en balançant dans l'eau un éclair particulièrement corsé. Ce qui ressemblait à un paquet de mer s'est abattu sur la porte-fenêtre, la pulvérisant dans un fracas de verre brisé. Jane Puppy a poussé un juron horrible tout en se jetant sur moi pour me protéger, mais nous nous tenions dans le couloir, heureusement trop loin pour être blessés. Pendant que nous nous relevions, pataugeant dans l'eau à l'odeur de chlore, j'ai pensé : *Ça suffit ! Les limites des bornes des frontières sont franchies ! Je vais avoir une sérieuse conversation avec le nabot à capot.*

– Mille tollars ! Tenez, les pillets zont neufs, pien craquants !

– Écoutez, von Karotte...

– Teux mille ! Et fous aurez encore teux mille, *mein kleiner Junge*, quand fous aurez apporté la rhuparpe !

Je vous pose la question : qu'est-ce que vous auriez fait si on vous avait proposé quatre mille dollars ?

À dix ans ?

Hein, je vous le demande ?

Eh bien, j'ai dit non.

Exactement. J'ai dit : « Non ! » On n'achète pas comme ça Ace Puppy.

Le visage du client de la 6 s'est défait. Il a secoué la tête, et sa mèche a suivi le mouvement.

– Mais... z'est une féritable fortune pour un petit garzon !

– Oui, monsieur Karotte, mais moi, je pense à ma mère.

Une lueur de roublardise a brillé dans l'œil du nabot à capot.

– Fotre maman ? *Ach.* Pien ententu, che gomprends parfaitement. Zingante mille.

– Monsieur Karotte ?

– Zingante mille tollars.

– Zingante ? Euh, cinquante ? Cinquante mille ?

– Ch'ai cru comprentre que l'hôtel est un peu vétuste, il aurait pien pesoin de quelques réparations, *nein* ? Fous pourriez pien aiter fotre chère maman... *Und...* Z'est chuste un exemple, *ja* ? Fous pourriez empocher zinq mille, et fotre mère pourrait troufer quarante-zinq mille defant za porte...

– Mais d'où est-ce que vous sortez tout cet argent ? Vous le fabriquez ?

– *Ach*, fous êtes un petit plaisantin !

– Bonjour madame. Je voudrais dix-sept kilos de rhubarbe, s'il vous plaît.

Claudia Birkenstock, la marchande des quatre-saisons, m'a regardé avec des yeux ronds.

– Bien fraîche, ai-je ajouté. C'est important.

– Et avec ça, Ace ? Huit cents kilos de pommes de terre ?

J'ai passé la main sur ma figure. Je m'étais un peu douté que ça n'irait pas tout seul.

– C'est pour l'hôtel. Maman n'a pas le temps de faire les courses.

– Dix-sept kilos ? Vous avez tant de clients que ça, avec ce temps épouvantable ?

– On veut faire des conserves.

– Attends voir, il faut que j'aille dans la réserve.

La marchande est revenue en portant un carton d'où dépassaient de grandes feuilles.

– Il y en a dix kilos. Je vais chercher le reste.

Oh, là, là, là, là. Jamais je ne pourrais porter ça, et encore moins sous une pluie battante…

Quand Mme Birkenstock est revenue avec un autre carton, j'ai ajouté :

– Ne le dites pas à maman si vous la voyez. C'est un secret !

– Un secret ? Mais je croyais que c'était pour faire des conserves !

– Des conserves secrètes ! Pour son anniversaire !

– Tu veux faire dix-sept kilos de conserves de rhubarbe, secrètement, pour l'anniversaire de ta mère ?

– Eh bien oui, madame Birkenstock, maman adore la rhubarbe !

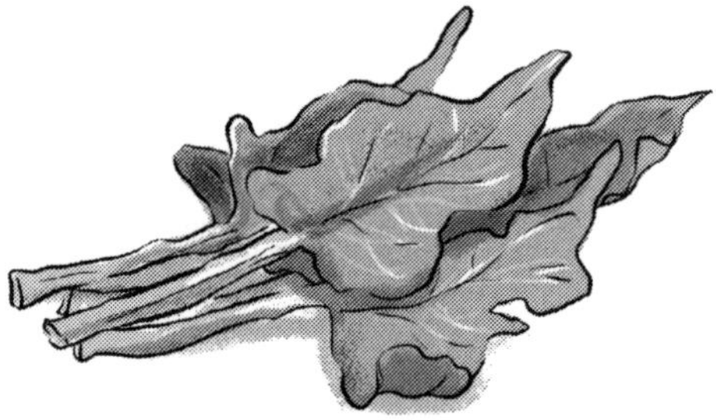

Chapitre 13

Avec la souplesse d'un serpent (alors qu'en fait, c'était un mammifère), le Gnou-garou se dégagea de la prise de judo de Muntumbo.

– Je crois pas que tu vas m'avoir aussi facilement ! C'est trop bête, tu vas encore te faire casser la g...

– Ace ? J'ai besoin de ton avis.

Ma mère tenait dans ses mains des robinets de salle de bains.

– Celui-là est plus petit, il est sympa, mais celui-ci est plus élégant, non ? Ce sera dans les toilettes du rez-de-chaussée.

On dérangeait mon œuvre pour... des robinets ?

– C'est toi qui choisis, maman. Tant que j'y suis, dis-moi franchement : un gnou-garou, c'est plus logique qu'il fasse du judo ou du karaté ? Comme c'est en Afrique, j'avais aussi pensé à de la lutte sénégalaise, mais ça ne se passe pas vraiment au Sénégal.

– Tu préfères le plus petit ?

– Le plus petit quoi ? Ah, le robinet ? Non mais moi, je te parle de...

– Moi aussi, j'aime bien le petit. Allez, j'y retourne. Ces toilettes seront finies avant le déjeuner !

J'ai essayé de replonger dans l'écriture, mais l'inspiration s'était envolée. Est-ce que je n'étais pas un poète maudit, un incompris ?

Ç'aurait pu être pire. Quelques semaines plus tôt, nous aurions tous pu finir grillés comme des merguez par Xoxoloitzpatacoatl. Ou noyés comme des vermicelles dans du bouillon. Ça avait vraiment commencé à barder le jour de l'achat de la rhubarbe.

Karl von Karotte s'était bien gardé de me dire quel danger je courais en allant chercher cette fameuse rhubarbe. Heureusement pour moi, le démon des ouragans n'était pas devin, parce que je ne serais peut-être plus là pour raconter quoi que ce soit. Il m'aurait stoppé avant mon arrivée chez la marchande des quatre-saisons. Bref, j'étais dans la rue, à traîner derrière moi les deux gros cartons sous le déluge, pensant à l'argent pour me donner du courage, quand une ravissante fille blonde aux yeux clairs a surgi.

– *Priviet*[1] !

– Ksenia ! Tu... tu te promènes ?

– *Da !* J'adore prendre des douches tout habillée. Tu as quoi dans les cartons ? Ils sont trempés, tu vas les déchirer si tu continues à les tirer sur le trottoir.

– C'est de la rhubarbe pour von Karotte. Tu te souviens ? Je t'ai dit qu'il en avait besoin pour ses... pour ses trucs.

– Ace, tu es courageux.

– Oui, c'est vrai, je...

– Tu as vu un démon vert dans ta chambre, et tu fais comme si de rien n'était ? Bravo, *molodoi tchelovek*[2] !

– Ouh, ouh, oui ouh, ouh...

J'ai fait un énorme effort pour récupérer quelques neurones.

– Il faut que je te demande, Ksenia. Tu aimes le caviar ?

– Parce que je suis russe ?

– Tu aimes le champagne ?

– J'ai dix ans ! Toi aussi d'ailleurs ! Qu'est-ce que c'est que ces quest...

– Tu aimes les voitures de sport ? Les manteaux en fourrure ?

– Ah, non ! Pas les manteaux en fourrure !

– C'est vrai, pas les manteaux en fourrure. Tu aimes... le luxe ?

1. Salut !
2. Jeune homme.

– Tu veux dire, les possessions bourgeoises capitalistes ?

– Je veux dire... le pognon ! Le flouze ! Les pépettes, la maille, le cash !

– ... Ace ?

– Von Karotte est pété de thunes ! Un vrai roi du pétrole !

– Mais pourquoi est-ce que tu me racontes tout ça ? On s'en fiche, s'il est riche ou pas. Ça ne nous sauvera pas du démon des ouragans !

– On s'en fiche... sauf s'il nous en donne, de l'argent ! Surtout s'il nous en donne beaucoup ! Genre... beaucoup, beaucoup !

Les cheveux de Ksenia, ruisselants, pendaient devant son visage, et pour quelque raison obscure, ça la rendait encore plus belle. Mais je ne m'attendais pas à la grimace qu'elle a faite.

– C'est cupide, Ace. Il faut gagner son argent par la force de son travail, et ne pas se laisser corrompre par la classe dominante, qui...

« SCHKRABOUM ! »

Il se tenait là, en pleine rue, à peut-être cinq mètres de nous. Et il était encore plus horrible, encore plus terrifiant, encore plus... vert.

– *Gavno*[1] *!* a hurlé Ksenia.

1. M... !

J'ai regardé autour de nous, pour savoir par où nous pourrions fuir. C'est ainsi que j'ai vu que la rue s'était figée. Les quelques personnes qui s'étaient aventurées sous le déluge s'étaient statufiées, et les choses étaient aussi devenues tout à fait immobiles, comme l'auvent d'une boutique, qui restait plié dans la position bizarre que lui avait donnée le vent. Et puis un chien, qui levait sans bouger la patte contre un mur, et dont même les gouttes de pipi demeuraient suspendues en l'air comme si elles avaient gelé. Ma future petite copine et moi étions à l'intérieur d'un film arrêté ; mais nous, nous pouvions bouger. Xoxoloitzpatacoatl a fait un pas dans notre direction, puis il s'est arrêté net, comme s'il s'était cogné dans une vitre ; il a poussé un grognement de rage.

– Humain ! Qu'as-tu dans ces cartons ?

– De la rhu... de la rhurhu...

– Malédiction ! De la rhubarbe ! L'infâme asticot !

– Je vous interdis de traiter Ace d'asticot ! a crié Ksenia.

– Non, suis-je intervenu, je crois qu'il parle de von Karotte, puisque c'est lui qui...

J'ai fait un saut en arrière, parce que Xoxoloitzpatacoatl, d'un effort violent, tendant ses bras griffus, avait essayé de rompre la barrière magique. Mais les effets de la rhubarbe devaient être assez considérables, car le monstre vert a glissé, avant de tomber à genoux. Ksenia, l'air décidé, a avancé dans sa direction. Je l'ai retenue par la manche de sa veste.

– Non.

Jamais je ne saurai ce qui m'a pris, mais il y avait dans mon ton quelque chose qui a arrêté ma future petite copine. Xoxoloitzpatacoatl, ramassant son corps comme un fauve, s'est lentement relevé. Une tension extraordinaire émanait de lui. Ses plumes-flammes luisaient et, sous le ciel de plomb, il était par contraste éblouissant de couleur, de beauté, comme un perroquet multicolore au milieu de pigeons gris.

– Si vous résistez, vous mourrez, a-t-il dit d'une voix si basse que c'était à peine audible.

La belle blonde s'est mise en garde, les poings en avant, la tête en arrière.

– Tu crois que tu me fais peur ? Viens, je t'attends, moi ! *Ya vernus' i mordu tebe nab'yu*[1] !

Je nous ai imaginés, Ksenia et moi, en petits tas de charbon fumants.

– Ne l'écoutez pas, monsi... Votre grandeur ! Elle est énervée, elle ne pense pas du tout ce...

Le monstre vert m'a interrompu.

– Si toi et cette fille me rendez service, j'oublierai ce que je viens d'entendre.

Ma future petite copine a trépigné.

– Je ne suis pas « cette fille », *dourak*, je suis Ksenia Sergueïovna Popovska, et c'est toi qui as intérêt à te faire oublier ! Quitte la ville ! Rends-nous le beau temps !

1. Je vais te casser la gu...

Xoxoloitzpatacoatl a croisé ses longs bras sur sa poitrine ; puis il a ouvert son bec. Ses dents ont lui, aussi blanches que des grains de riz. Soudain, il s'est mis à rire.

Ce rire terrible est sorti de sa bouche comme un son, mais aussi comme une sorte d'onde, une bourrasque. Ksenia et moi, qui étions les plus proches du monstre, n'avons pourtant pas été touchés. C'était, bien sûr, grâce aux effets magiques de la rhubarbe. En revanche, le rire du démon des ouragans a fait plier trois lampadaires comme s'ils étaient faits en papier, et le chien qui faisait pipi s'est envolé. (On l'a retrouvé deux jours plus tard en haut d'un arbre, ils en ont parlé dans le *Pumpkinfairy Post*). Les voitures en stationnement se sont cognées les unes dans les autres, et une moto est passée au-dessus de notre tête en sifflant.

Puis le monstre s'est calmé. Il a lissé sur sa face étrange les petites plumes-flammes qui étaient ébouriffées, et il a dit à Ksenia :

– Tu ne sais rien...

Ma future petite copine a bougé, mais je lui ai donné un discret coup de pied dans le mollet. Xoxoloitzpatacoatl a continué :

– ... mais ta hardiesse me séduit, humaine. Aussi t'épargnerai-je.

– C'est surtout que la rhubarbe t'empêche de nous faire du mal, espèce de...

– Tais-toi. Je vous épargnerai tous les deux, et aussi vos familles, si vous me laissez m'occuper de Karl von Karotte comme je l'entends, et me rendez également un service.

– Attendez. Vous ne venez pas de dire un truc sur ma famille ?

– Oui, vous avez des êtres chers. J'ai à faire maintenant. Réfléchissez, je reviendrai.

– Ma famille ? Mais là, *sudar' moy*[1], vous allez avoir de gros problè...

« SCHKRABOUM ! »

1. Mon petit monsieur.

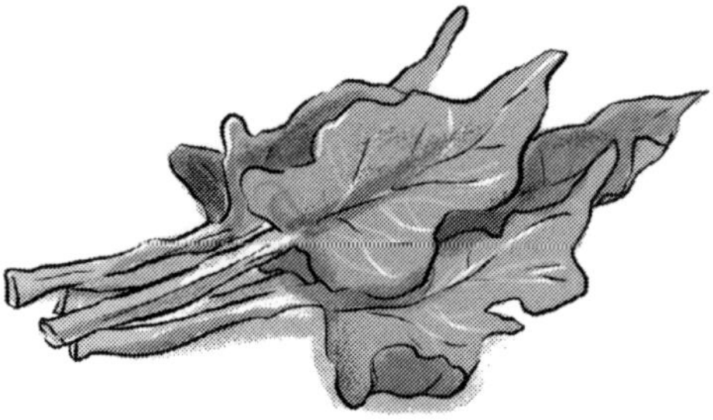

Chapitre 14

– Je dis, ça, je ne dis rien, mais tu... tu es givrée comme un citron, tu le sais, hein ?

La rue était redevenue normale. Enfin, presque. Les voitures étaient encastrées les unes dans les autres et, sous une pluie battante, les quelques passants se grattaient la tête, se demandant ce qui s'était produit.

– C'est normal pour une Russe, d'être givrée, a répliqué Ksenia, la mine imperturbable.

– Très drôle. Tu aurais pu... C'est super dangereux, tu ne comprends pas ? On n'est pas dans *GTA*, si on meurt, on meurt vraiment !

Le regard polaire de Ksenia m'a répondu avec une certaine clarté. Puis elle a levé le menton en direction des cartons.

– Apportons sa rhubarbe à von Karotte. J'ai des détails à voir avec lui.

– Des... des détails ?

– *Da*. Et il va parler ! *Pover' mne, ya znayu, chto delat'*[1].

– Fotre mère ne fous a pas vus ?

– Non. Elle est au téléphone, à se disputer avec les gens de l'assurance pour la piscine. Ils...

– *Ach, ja.* Tramatique. Pon, il y a pien dix-sept kilos de rhuparpe, précisément ?

Von Karotte aurait aussi bien pu dire : « On s'en tamponne », pour ma mère et la piscine. Il ne pensait qu'à lui. Il a continué, en désignant Ksenia :

– Che peux safoir pourquoi fous l'afez amenée ?

L'amour, von Karotte, l'amour...

Comme je ne suis pas fou, je me suis gardé de dire ça à voix haute. Mais ma future petite copine m'a fixé étrangement, et j'ai frissonné. Ksenia avait heureusement d'autres chats à fouetter ; ou, pour être juste, d'autres carottes à râper. Elle a mis ses poings sur ses hanches, et elle a lâché :

– On va avoir besoin d'explications.

Le client de la 6, qui caressait avec amour une feuille de rhubarbe, a haussé les épaules.

– Che penze que zingante mille explications en petites coupures, za tefrait suffire, nein ?

1. Crois-moi, je sais quoi faire.

– Aah, mais c'est là que vous vous trompez, monsieur ! Nous nous en moquons, nous, de votre argent !

– Euh, c'est-à-dire que... ai-je tenté.

Mais déjà Ksenia avançait vers Karl von Karotte.

– Parlez !

– Soixante mille ! Nein ! Soixante-tix mille !

– *Chert voz'mi*[1], mais c'est une manie ! Même avec un million, tu ne nous achèteras pas, corrupteur, valet du grand capital !

La très sûrement espionne a tourné sur elle-même, désignant les parchemins qui tapissaient la chambre.

– ... Expliquez-nous tout ça, von Karotte !

– Che n'ai rien à expliquer ! Che zuis un homme lipre !

– Ace, reprends la rhubarbe. *Vpered, vpered, vpered, poshlite*[2] *!* On laisse ce monsieur se débrouiller tout seul avec son petit ami verdâtre.

– *Aber... Nein !* Fous ne poufez pas faire za ! Le témon veut ma peau ! Il n'abantonnera chamais ! Che tois... Che tois me protécher !

– Il est en train de détruire la ville, la foudre tombe partout, il y a un début d'inondation, et vous, vous ne pensez qu'à vous, *da*, von Karotte ? Quel égoïste vous faites ! C'est écœurant !

– Ch'ai... ch'ai eu une enfanze malheureuse !

1. Bon sang.
2. Allez, allez, allez, on y va !

– Pour la dernière fois, dites-nous ce qui se passe ! Votre argent ne vous sauvera pas !

Alors, le client de la 6 a poussé un soupir interminable.

– T'accord. Che fais tout fous tire.

– Ch'ai... Ch'ai emprunté quelques objets...

– Emprunté ? Comment, à qui ? Où ?

– *Ach.* Malencontreuzement, en fisitant un pays, quelques petites chozes se sont retroufées dans mon sac, *und*...

– Bon. Vous avez volé. Quoi, à qui, quand, et comment ?

– Fous m'aiterez ? Si che parle, vous m'aiterez ?

– Il faut voir...

– Ch'ai compris. Che zuis seul, seul comme un chien kaleux...

– *Ladno, khvatit*[1] *!* Arrêtez vos pleurnicheries, von Karotte ! Vous nous prenez pour des débiles ?

Ksenia agitait une branche de rhubarbe sous le nez du client de la 6. Soudain j'ai discerné, sur le visage de cet homme, une expression sournoise qui a fait fuir toute sympathie. Il a arrêté de geindre et il a déclaré, d'une voix changée :

– Sachez que che suis un grand archéologue. Si che n'étais pas aussi moteste, che tirais le plus grand. De tous les temps.

– Mfff, a fait Ksenia.

1. Bon, ça suffit !

– Ce que ch'ai técoufert riticulise tout ce que mes collègues ont fait tepuis teux siècles. Che zuis le meilleur, che zuis le plus...

– On a compris, von Karotte. C'est vous le plus beau.

– Oui, c'est exact ! On raconte tailleurs que les femmes me troufent beaucoup de charme, *und*...

– Non mais, ça va continuer longtemps, les pitreries ? Je vais vous mettre sur la voie. Vous avez fait une découverte au Guatamoli. Et, plus précisément, chez les Poltèques, *da* ?

– Comment... comment poufez-fous zafoir ça ? Fous... Fous êtes une espionne de Xoxoloitzpatacoatl ! Il fous enfoie pour me...

– Ne soyez pas ridicule, von Karotte ! Si j'étais ce que vous prétendez, vous seriez déjà mort. J'ai un cerveau, c'est tout. Le démon des ouragans est une divinité poltèque, et il vous poursuit. La question, c'est : pourquoi ? Vous avez déjà commencé à nous dire que vous avez volé quelque chose là-bas. Xoxoloitzpatacoatl veut récupérer cette chose, hein ? Donc, vous allez la lui rendre, et il partira, et tout le monde sera content, *yasno*[1] ?

– Fous n'êtes pas itiote... a concédé le nabot à capot en remettant en place sa mèche avec des gestes précautionneux, mais fous infentez une partie de mon histoire.

– Comment êtes-vous si riche, d'abord ? suis-je intervenu.

1. Compris ?

– Ce monsieur a volé des objets précieux un peu partout dans le monde, a dit Ksenia, sans quitter son interlocuteur du regard. Et il les a vendus à prix d'or aux collectionneurs. J'ai bien deviné, von Karotte ? On dit que les pilleurs de trésors sont richissimes.

– Ch'ai touchours troufé que « pilleur » est un mot très excessif, a grommelé le client de la 6. « Técouvreur » est plus approprié.

– Qu'est-ce que j'ai inventé, dans votre histoire, von Karotte ?

– Xoxoloitzpatacoatl ne me poursuit pas pour me reprentre quelque chose. Il me poursuit chuste pour se fenger.

– Se venger ? Qu'est-ce que vous avez fait ? Hein ? Qu'est-ce que vous avez fabriqué pour le mettre aussi en colère ?

Chapitre 15

– Nous attendons, von Karotte ! Qu'est-ce que vous avez fait, au Guatamoli, qui énerve autant le dieu-démon ?

Le client de la 6 a passé le bout du doigt sur la grosse trace noire qui marquait sa joue, et il a marmotté une phrase indistincte.

– On ne vous entend pas, von Karotte !

L'archéologue a redressé la tête, et une lueur de défi a soudain brillé dans celui de ses yeux qui n'était pas recouvert par la longue mèche de cheveux.

– Ch'ai técoufert le temple de Toctocpapalili ! *Und* éfidemment, za ne fous tit rien, sales incultes que fous êtes !

Ksenia a répliqué, très calme :

– Toctocpapalili ? C'est un temple poltèque, j'imagine...

– Il est carté par les féroces querriers-jaguars ! En plein zentre d'une junkle inextricaple ! Mais moi, moi, Karl von Karotte, che les ai…

Le nabot à capot s'est interrompu en se raclant la gorge. Un cri du cœur m'a échappé.

– Vous les avez tués, von Karotte !

– *Ach*, hmm, pas exactement…

– Quoi, « pas exactement » ? Vous avez assassiné ces pauvres gens ?

– Paufres chens, les querriers-jaguars ? Fous plaisantez ? Est-ce que fous safez seulement de quoi ils sont capables ?

« CRAPROUF ! »

– Vous… vous avez entendu ce bruit, von Karotte ? C'est le même que quand maman a été transformée en biche !

– *Was ? Nein*, che n'ai rien ententu tu tout. Z'est sans toute la pluie qui…

– Moi aussi, j'ai entendu, Ace. Ça venait de l'intérieur de l'hôtel.

– C'est Xoxoloitzpatacoatl ! Il a encore transformé maman !

– Z'est très infraisemplaple. Pourquoi ferait-il une choze pareille ?

– Pour qu'on l'aide à vous anéantir ! Pour faire pression ! Voilà pourquoi ! Viens, Ksenia ! Il faut absolument qu'on la retrouve ! Imagine qu'elle sorte dans la rue, on… on ne sait même pas en quoi elle est transformée !

– Il aime pien les renards… *und* les tapirs, *ja*, il atore les tapirs…

– La ferme, von Karotte, ou je vous en colle une en plein pif !

Rien à faire, maman était introuvable. Nous avions visité une à une toutes les pièces du rez-de-chaussée et nous nous apprêtions à commencer les recherches dans les chambres de l'étage, quand Ksenia s'est enquise :

– Dites-nous, von Karotte, ça va jusqu'où en taille, les transformations ?

Le nabot à capot a commencé par joindre ses doigts, ne laissant entre eux qu'un minuscule interstice, puis il a écarté les bras au maximum. C'était assez parlant.

– Vous voulez dire que la mère d'Ace peut être minuscule comme un acarien, ou grosse comme une baleine ?

– Une paleine, *ja* !

– Attendez… S'il y avait eu de la rhubarbe dans les pièces où maman travaille… Ce fumier de Xoxoloitzpatacoatl n'aurait pas pu s'attaquer à elle, si ?

– *Nein*, effectivement, z'est trop pête que je n'y aie pas pensé.

J'ai tendu les mains, exaspéré.

– Espèce de sale égoïste ! Je vais vous étrangler, von Karotte !

– *Vnimaniye*[1] *!* a crié Ksenia en levant un doigt près de son oreille. Vous entendez ? Il y a un bruit !

Oui, malgré les coups de tonnerre, malgré le déluge, il y avait un petit quelque chose, un je-ne-sais-quoi...

« Krrtt... Krrtt, krtt, krrtt... »

Il semblait que cela venait de la pièce adjacente.

– C'est dans la buanderie ! ai-je chuchoté. Ça tombe bien, il n'y a pas de fenêtre, donc la porte est la seule issue. Elle est coincée.

Soudain, je me suis rendu compte que j'étais en train de parler de ma propre mère. C'était terrible.

– Attention quand on va ouvrir, a dit la belle et très probablement espionne blonde. Peut-être que c'est un animal qui court vite, ou qui saute...

Il n'y avait rien dans la buanderie. Absolument rien, si ce n'est un tas de nappes repassées bien pliées, sur une table. Nous nous sommes immobilisés, tous les trois, pour écouter. Plus le moindre bruit. La porte du placard a légèrement bougé. Le mouvement était infime, mais je l'avais vu. J'ai levé le poing, et j'ai fait un signe avec l'index et le majeur en fourchette, de mes yeux au placard, comme les gars des forces spéciales dans les films.

« Krrtt, krrtt, krrtt... krrtt, krrtt... »

---

1. Écoutez !

Ksenia a abrégé le suspens. Elle est allée jusqu'à la porte, et l'a ouverte en grand. Moi, je n'aurais pas fait ça. La tête d'un gigantesque serpent a jailli du placard, s'arrêtant à un centimètre du visage de ma future petite copine. Et quand je dis gigantesque... c'est gigantesque. C'est-à-dire que cette tête était plus grosse que celle de Ksenia. Quant au corps... Il remplissait tout le placard, et les « krrtt, krrtt » n'étaient que les craquements du bois de l'étagère cédant sous la masse monumentale du serpent.

– *Gospodi*[1] *!* a braillé la belle blonde.

Et elle a balancé un crochet du gauche en plein dans le museau du serpent. D'un geste réflexe, je l'ai tirée en arrière, et elle est tombée sur moi au moment où la créature attaquait. Sa gueule remplie de crocs acérés a claqué à deux pouces du nez de Ksenia.

– Saufe qui peut ! a hurlé von Karotte.

Et je dois admettre qu'il a été un peu utile – pour une fois –, car il nous a attrapés par le col, ma future petite copine et moi, et nous a traînés hors de la buanderie en grognant :

– *Bewed deinen arch*[2] *!*

Il a claqué la porte derrière nous, et s'est appuyé le dos contre elle.

– Faites comme moi ! Ploquez le pattant ! Zet animal est époufantaplement fort !

---

1. La vache !
2. Bougez-vous les fesses !

– Maman est transformée en monstre ! ai-je répondu, à moitié en pleurnichant.

– N'exachérons pas ! C'est zimplement *ein* anaconta, rien de pien méch...

Un énorme choc a fait vibrer la porte. Le client de la 6 a dit, d'une voix qu'il voulait rassurante :

– Il faut chuste un peu de patienze. Fotre charmante mère va pientôt refenir...

– *Svenia khvatit*[1]... a soupiré Ksenia.

1. J'en ai marre.

Chapitre 16

– Dans la buanderie ? J'ai fait du somnambulisme, toute nue, ici, dans la buanderie ? Et en plein jour ? Ah, non mais là, ça ne va plus du tout ! Plus du tout ! Il faut que je consulte... Et regardez-moi ça ! Comment est-ce que j'ai pu casser cette étagère ? C'est du bois massif !

– Fous êtes sans toute tombée ! C'est fréquent chez les somnampules !

Ma mère, qui était drapée dans une nappe, a froncé les sourcils.

– C'est étrange, j'ai mal à la mâchoire, comme si j'avais pris un coup...

Ksenia a laissé échapper un rire nerveux.

– Vous faites de drôles de bouilles, mes gaillards, a continué Jane Puppy. On jurerait que vous avez peur de moi. Je veux dire, encore plus que d'habitude.

– Pon... Che fous laisse, je retourne tans ma chambr... a commencé l'archéologue voleur à capot.

Ma mère a tendu un doigt vers lui, juste un. Sans même bouger le bras.

– Vous, ne bougez pas, von Karotte. Je n'en ai pas fini avec...

« CRAPROUF ! »

– Oh, non, mais elle court super vite !

– Z'est normal, z'est une quazelle !

– Surtout, que personne n'ouvre une fenêtre ! Ni une porte !

Maman faisait des bonds dans le hall. Elle était très gracieuse – encore plus qu'en biche –, mais elle avait déjà cassé un vase, la statue de Poséidon en marbre, et elle avait commencé à mâcher un bout de papier peint.

– Il peut faire ça souvent ? ai-je demandé au client de la 6. Il peut transformer ma mère toutes les dix minutes s'il veut ? Alors il faut mettre de la rhubarbe partout, c'est la seule solution ! De la rhubarbe fraîche dans toutes les pièces ! Et aussi... vos parchemins, von Karotte ! Ça m'a l'air très efficace. Il nous faut des parchemins !

– *Nein !* Che refuze ! Les parchemins sont pour moi ! Pour moi tout seul !

– Ksenia, aide-moi à lui prendre son parchemin, ça nous en fera déjà un !

Karl von Karotte a porté la main à sa poche, et j'ai vu apparaître la crosse quadrillée d'un gros pistolet noir.

– Ne m'approchez pas ! Espèces te... *jugendliche Straftäter*[1] !

– *Privetstvuyu vas*[2] ! Qu'est-ce qui se passe, ici ?

Cette voix ultra-grave... cet accent... Je me suis retourné. Sergueï Popovski se tenait dans l'encadrement de la porte d'entrée de l'hôtel, et sa moustache frémissait.

– Mme Puppy est allée faire des courses, et pendant ce temps, une gazelle est entrée dans l'hôtel, et...

– Il n'y a pas de gazelles dans cette région, a lancé le géant en fixant Ksenia.

– Elle a dû s'échapper d'un zoo ! ai-je tenté à mon tour.

– En attendant, ma fille est encore chez toi...

La moustache frémissait de plus belle, et les mains épouvantables se crispaient.

– Je n'y suis pour rien ! ai-je glapi comme un vrai petit von Karotte.

– *Ladno, ladno*[3]. Je suis venu chercher Ksenia, puisqu'elle ne répond pas au téléphone. J'ai besoin d'elle pour un petit... travail.

Sergueï Popovski avait articulé cette phrase sur un ton si atrocement sinistre... Un petit travail ? Ah oui ? Il y a des

---

1. Jeunes délinquants.
2. Fichtre !
3. OK, OK.

gens à zigouiller, à enterrer, peut-être ? Mais non, Ksenia est beaucoup trop jolie... Quand même, ce sont les espionnes les plus belles qui sont les plus cruelles, et... Le regard de ma future petite copine m'a surpris en pleine cogitation. Ses yeux étaient rivés sur moi comme les flammes de deux lampes à souder, et j'aurais pu jurer, alors, qu'elle savait exactement ce que j'étais en train de me raconter.

– *Davay*[1] *!* a grondé le géant en saisissant Ksenia par le bras.

Puis il l'a emmenée – je devrais dire « emportée », parce qu'elle était soulevée dans les airs. Le temps de cligner des yeux, les Russes avaient disparu, et la porte de l'hôtel était refermée derrière eux. J'étais désemparé. La gazelle regardait avec intérêt le livre d'or destiné à la clientèle, qui était posé sur un guéridon, et qu'elle avait ouvert avec son museau. Je me suis tourné vers von Karotte qui, renfrogné, me lorgnait d'un œil torve.

– Bon, alors, monsieur l'archéologue de mes fesses, je ne veux plus entendre parler de ce pistolet. Autrement, notre marché ne tient plus. D'ailleurs, donnez-le-moi.

– *Was ?* Pas question ! Z'est peaucoup trop tanchereux pour *ein* petit garzon !

– OK, von Karotte. Vous avez dix minutes pour quitter les Sirènes-Vertes.

1. Allez !

– Fous afez churé ! Churé, c'est churé !

– C'est vous qui changez les règles. Dès que maman est craproufée, je lui dis tout.

Le nabot à capot a grimacé.

– Nous nous zommes mal compris ! Z'est trop pête ! Tenez, pien zûr, che fous tonne *meine* pistole !

L'arme de Karl von Karotte avait une sale tête ; un peu comme une bête malfaisante, ou un crapaud. Elle était noire, épaisse ; le mot « Walther » était gravé dans le métal. Qu'est-ce que l'archéologue avait tué, avec ça ? Ou plutôt, qui ?

Et si le démon avait raison ? Si c'était lui, le gentil, et von Karotte, le méchant ? Après tout, ce sale type a déjà avoué qu'il a volé, et sans doute aussi assassiné les guerriers-jaguars, et...

« CRAPROUF ! »

Chapitre 17

Maman est allée se reposer. Elle a dit :

– Je ne comprends pas. En plus de ces crises de somnambulisme, j'ai des courbatures terribles, comme si j'avais fait trop de sport…

Après, eh bien, je suis allé aux cabinets. J'y ai emporté le pistolet de Karl von Karotte, ainsi que mon téléphone. J'ai googlé « Pistolet Walther », et j'ai vu que cette marque était celle de l'arme de James Bond.

James Bond ! Il faut que je le dise à Ksenia ! Mais si son père lit le message ? Il…

« SCHKRABOUM ! »

Rien, rien au monde n'est plus gênant que de voir apparaître un dieu-démon quand on est assis sur le battant des cabinets, avec le pantalon sur les chevilles.

– Alors, humain ?

Xoxoloitzpatacoatl était pour ainsi dire collé à moi. Les toilettes de la clientèle des Sirènes-Vertes étaient spacieuses, mais celles qui nous étaient réservées, à maman et à moi, étaient au contraire minuscules. J'ai gémi :

– Ah non, là, non, hein, pas ici, quand même...

– Ha, ha ! Tu trembles, enfant !

– Ben, c'est-à-dire, là, je suis surtout gêné, je... Aïe ! Ouille !

Une des plumes-flammes du démon des ouragans venait de tomber sur ma cuisse, y laissant une petite brûlure.

– Vous... vous ne pourriez pas revenir dans un moment ? Monsieur Xoxo... euh, votre seigneurie ?

Xoxoloitzpatacoatl a croisé les bras ; une autre plume est tombée, et je l'ai évitée de justesse en écartant le genou.

– Enfant ! Tu dois me livrer l'infect, le visqueux, le turpide, l'ignominieux...

– Von Karotte, oui je sais. Vous voulez que je vous aide à capturer von Karotte.

– « Capturer » ? Hia ! Hia ! Hiiaaahaaahaaa !

Le monstre avait décidément une large palette de rires affreux.

– Vous... vous voulez le tuer, hein ? C'est parce qu'il a zigouillé les hommes-jaguars ? C'étaient des copains à vous ? Des copains poltèques ?

Le démon des ouragans s'est arrêté de rire, tout net.

– Des... « copains » ? Qu'est-ce que c'est que ça ?

– C'est comme des amis, mais c'est plus fresh, c'est...

– « Fresh » ?

J'ai senti quelque chose qui coulait, contre mon pied. C'était à la fois lourd et mou. En me penchant, j'ai vu que c'était le pistolet de Karl von Karotte. Il avait fondu comme une bougie, formant une espèce de flaque noire près de ma basket. Et mon téléphone, que j'avais laissé tomber au sol au moment de l'arrivée du monstre vert, avait lui aussi fondu.

– Voilà ce que je fais de tes jouets, misérable cafard !

– Mais ce ne sont pas des jouets !

– Je peux également faire fondre les gens. Tu vas voir.

Je ne sais trop ce qui se serait passé ensuite, si je n'avais pas vu la feuille de rhubarbe apparaître lentement, centimètre par centimètre, sous la porte des cabinets.

Xoxoloitzpatacoatl a fait :

– Arrrrrrhhhhhhhh !

Et ensuite, évidemment...

« SCHKRABOUM ! »

– Che fous ai encore saufé la vie !

– Je n'ai plus de pistolet ! Je n'ai plus de téléphone !

– Ah, fous êtes reconnaissant, za fait plaisir !

– Ce n'est plus possible. J'ai besoin de votre rhubarbe, von Karotte. Il faut protéger maman. Et tout l'hôtel.

– Pas question ! Che l'ai achetée pour ma protection personnelle !

– Alors, je veux de l'argent, von Karotte.

– Encore ? Fous afez du culot, mon ponhomme !

– Ce n'est pas pour moi. C'est pour acheter de la rhubarbe. Beaucoup de rhubarbe.

L'archéologue louche a haussé les épaules.

– Si ça peut fous faire plaisir...

Il m'a tendu deux billets.

– Foilà...

– Il m'en faut plus, je voudrais aussi me racheter un tel. J'ai vu que le dernier Samsung Galaxy Z Flip est en promo à...

– Z'est une plague ? Tout à fait hors te question ! Che ne partiziperai pas à la fonte du cerfeau te la cheunesse, fous passeriez fotre temps à chouer tessus ! En plus, za rend myope ! Fous foulez absolument porter des lunettes ? À fotre âche ?

– Vous êtes en train de m'expliquer, von Karotte, que vous veillez sur ma santé ?

– *Natürlich*[1] ! Che zuis un homme responsaple, ch'ai une grante affection pour les enfants. T'ailleurs, che serais sans toute grand-père si Greta, ma fiancée, ne m'afait pas mystérieusement quitté, pour tes raisons incompréhensiples...

– Oui, von Karotte, incompréhensibles.

1. Bien sûr !

– Hum. Fous imachinez tonc que che ne peux pas fous acheter un instrument tu tiaple, qui fa fous tétruire les neurones...

Vingt-quatre kilos de rhubarbe. Mais comme Mme Birkenstock n'avait plus rien en magasin, j'avais dû aller dans une autre boutique, à un bon kilomètre de plus à pied. La pluie était torrentielle. À ce rythme, il faudrait bientôt sortir de l'hôtel avec un masque et un tuba. Cela commençait à devenir très sérieux : plusieurs monuments de Pumpkinfairy avaient été frappés par la foudre, et l'eau n'était plus évacuée par les égouts, qui débordaient. Les rats qui d'ordinaire y vivaient sortaient en nageant dans la rue.

Xoxoloitzpatacoatl va détruire la ville !

J'en ai pris conscience, tout à coup, tandis que je touchais, dans ma poche, la feuille de rhubarbe que j'avais emportée pour me protéger pendant les courses.

C'est très grave !

Non seulement j'aurais dû parler à ma mère de toutes ces catastrophes, mais il aurait aussi fallu que je prévienne les autorités. Le maire ? Le shérif ? Le chef des pompiers ? Mais je me suis rappelé la discussion que Jane Puppy et moi avions eue, il y avait déjà bien longtemps, quand j'avais sept ans. Maman m'avait affirmé : « La parole fait l'homme. Si tu romps une promesse, Ace, tu ne vaux rien. C'est une règle sacrée. Il n'y a pas d'exception. L'exception, c'est juste la trahison. » Et j'aurais préféré être transformé en limace par Xoxoloitzpatacoatl plutôt que trahir les enseignements de ma mère.

Tu dois garder ça pour toi. Non, tu peux partager avec Ksenia, mais... Ksenia ! Comment je vais faire, maintenant que je n'ai plus de téléphone ? Et qu'est-ce qui se passe, avec son père ?

J'ai vidé la brouette. Ah oui, parce que j'ai oublié de vous dire que c'était ce que j'avais trouvé de plus pratique pour aller acheter la rhubarbe. Plus besoin de porter des cartons. En revanche, tout cela se remplissait d'eau à une vitesse supersonique, et je devais faire couler le trop-plein tous les dix pas. Si à l'aller, j'avais un peu douté de l'efficacité d'une seule feuille de rhubarbe pour repousser Xoxoloitzpatacoatl, là au moins, avec mes vingt-quatre kilos, j'étais tranquille.

Je vais en mettre partout. Dans chaque pièce. Par contre, ça va être un peu compliqué d'expliquer à maman qu'elle doit garder de la rhubarbe sur elle.

– Comment ça, de la rhubarbe ? Non mais, c'est une blague ?

– Pas du tout ! Ksenia m'a dit que ça a hypra-bien marché pour son oncle, à Moscou ! Plus une seule crise de simnamno... somnani...

– Somnambulisme ? Ça guérit du somnambulisme ?

– Oui, et c'est vraiment trop simple ! On doit porter un peu de rhubarbe sur soi, et aussi en mettre dans les pièces, et…

– C'est risible !

– Essaie juste une journée ! Qu'est-ce que ça coûte ?

– Justement, tiens, qu'est-ce que ça a coûté ? Et comment as-tu payé cette quantité de rhubarbe ?

– C'est le père de Ksenia, il en avait en trop.

– Il est fleuriste, Ace, pas maraîcher !

– Bon, je ne sais pas, moi, il en avait ! Il en avait plein ! Les Russes doivent l'utiliser dans les bouquets ! OK, moi, je mets la rhubarbe dans les vases de la salle à manger, et ensuite, hop, dans chaque pièce. Et voilà. Merci qui ?

Jane Puppy a pincé l'arête de son nez, elle a ouvert la bouche, elle l'a refermée, puis elle a lâché, d'une voix lasse :

– Je suis crevée. Et j'ai un de ces mal de fesses ! On dirait que j'ai couru le relais quatre fois cent mètres à moi toute seule. Je vais prendre une aspirine.

Cela équivalait à une autorisation. J'ai pensé *Yesss !* et j'ai fait rouler la brouette jusque dans la salle à manger.

Chapitre 18

– Muntumbo ! Je t'attendais, mon garçon.

– Je te ferais signaler que j'ai vingt-neuf ans, alors il va falloir m'appeler « monsieur », Gnou-garou !

– T'appeler « monsieur Gnou-garou » ? Mais... c'est moi, le Gnou-garou !

– Non, j'ai dit : « Il va falloir m'appeler monsieur », virgule, « Gnou-garou ».

– Ah oui, d'accord, mais t'es pas très clair, Muntumbo.

– On n'est pas ici pour parler syntaxe, sale monstre ! Où sont les missiles ?

– Alors là, bon courage pour les trouver, vu que, premièrement, j'ai Tatiana en otage – je crois que tu as un faible pour cette sale petite espionne russe, n'est-ce pas, mon garçon ? – et que, deuxièmement, j'ai une cachette qui est comme qui dirait introu...

– Ace ? Il faut se décider, pour le fond de la piscine. Alors ? Vert, ou bleu ?

– Rouge !

– Hein ? Mais on s'était mis d'accord sur...

– Je plaisante, maman. Bleu. C'est bien, bleu.

– Le vert ? Oui. On prend les carreaux verts. J'aime bien ce vert. Je file, j'y retourne !

Si Jane Puppy avait su tout ce qui s'était passé dans son dos au cours du mois précédent, elle m'aurait envoyé en camp de travail, dans des mines de sel. Mais, ouf, elle ne savait rien.

– *No... no eto nevozmozhno*[1] *!* Tu ne peux pas répondre ? Sais-tu seulement combien j'étais inquiète ?

– Je n'ai plus mon téléphone ! Il a fondu !

– Tu veux une baffe ?

– Je te le jure, Ksenia ! Il a fondu ! C'est le monstre ! C'est Xoxo ! Il a aussi fait fondre mon pistolet !

– *Bozhe moy*[2] *!* Il t'a grillé le cerveau ! Démon ou pas, je vais lui péter toutes les dents, je vais le, le...

– Mon cerveau va très bien, merci.

J'étais quand même un peu vexé. J'ai montré à ma future petite copine les espèces de bouses de vache que j'avais gardées sous mon lit.

1. Mais... ce n'est pas possible !
2. Mon Dieu !

– Voilà. Mon tel... Et le pistolet de von Karotte, qui était devenu mon pistolet.

Ksenia a crispé les poings en marmonnant des trucs à propos de Xoxoloitzpatacoatl qui allait passer un mauvais quart d'heure. J'ai demandé :

– C'est vrai ? Tu étais inquiète ?

Elle a planté ses yeux dans les miens, sans rien dire. J'y ai vu les grandes plaines glacées, les forêts de bouleaux, les ours et les renards polaires, et aussi quelques bouteilles de vodka, et des poupées en bois peint aux joues rouges.

– Tu es d'une beauté dont au sujet de laquelle je n'ai pas de mots, ai-je soudain lâché.

Ceux qui jugeront la construction de cette phrase n'ont jamais été amoureux. Ksenia s'apprêtait à répondre (j'espérerai toujours qu'elle allait dire un truc du genre « Toi aussi ») lorsqu'il y a eu le grand bruit.

On en avait entendu, pourtant, des bruits, au cours des derniers jours. Mais celui-ci a été assez marquant. Ça a fait, à peu près : « KRATAKRAPACRAPLAF ! » et l'onde de choc nous a secoués, ma future petite copine et moi. C'est tout l'hôtel, en fait, qui a été ébranlé. Le tuyau de la gouttière – qui m'avait servi à m'enfuir auparavant et avait également permis à Ksenia de grimper me retrouver dix minutes plus tôt en toute discrétion – s'est décroché de la façade avec un grincement, et des plaques de plâtre du plafond me sont tombées sur la tête.

– Un tremblement de terre ! ai-je glapi.

– *Niet !* a grondé Ksenia. Ce n'est pas ça !

– Ace ? Ace, ça va ?

Ma mère était déjà dans ma chambre. Mais la très certainement espionne russe s'était glissée sous mon lit, avec une agilité de mamba noir (qui n'est pas très russe, mais bon, je n'en connais pas, de serpent russe).

– Il s'est passé quelque chose ! a crié maman. Sortons, vite !

Karl von Karotte a jailli dans la pièce en hurlant, sa mèche battant à l'arrière de son crâne comme un pavillon de pirate.

– Z'est Xoxo...

Puis il a aperçu ma mère, et sa voix est descendue jusqu'à devenir un murmure servile.

– *Ach*, fous êtes là, matame Puppy ? Mes hommaches...

– Xoxo ? Xoxo quoi ? a demandé Jane Puppy sur un ton extrêmement suspicieux.

– C'est une expression ! ai-je dit avec précipitation. C'est « chaud-chaud », ça veut dire « ça craint, c'est »...

– Sortons des Sirènes, avant que le bâtiment nous tombe dessus.

– Fous afez bien fotre rhuparpe ? s'est enquis von Karotte.

– C'est le moment de s'inquiéter de mon somnambulisme, monsieur, vraiment ?

Et Ksenia ! Elle n'en avait pas, elle, de rhubarbe ! Xoxoloitzpatacoatl pouvait s'en prendre à elle n'importe quand.

– C'est vrai, ai-je hurlé, que ça ne serait pas raisonnable de sortir de l'hôtel sans avoir une ou deux feuilles de rhubarbe dans la poche ! On pourrait par exemple les prendre dans un vase !

– Tout le monde dehors ! a répliqué ma mère, en m'observant avec une expression de méfiance que je ne connaissais que trop, et qui disait : « Je saurai tout. »

Plus d'hôtel de ville. Plus d'église. Juste un grand trou, au milieu de Pumpkinfairy. C'était ça, le « KRATA-KRAPACRAPLAF ! ».

– *Insgesamt*[1], za pourrait être pire, a dit le client de la 6.

Je me suis retourné vers lui.

– Non mais, ça ne va pas bien, von Karotte ? Vous êtes le plus égoïste, le plus pourri des sales crevards de...

Ma mère m'a donné une tape sur le bras.

– Ace ! Je te rappelle que M. von Karotte est notre client ! Notre cli-ent ! a-t-elle articulé en ouvrant grand les yeux. Mais allons sur place, voir si nous ne pouvons pas aider !

Et Ksenia ? J'allais répondre à ma mère pour essayer de gagner du temps lorsque j'ai vu ma future petite copine

1. Dans l'ensemble.

sauter par une fenêtre sur le flanc des Sirènes-Vertes, et arriver en courant.

Par miracle, il n'y avait pas eu de morts dans l'effondrement de l'hôtel de ville, de l'église, et de la poste (car celle-ci était également plate comme un pancake). Les gens présents à l'intérieur des monuments avaient entendu des craquements, et ils étaient sortis dans la rue juste à temps. Mais le dieu-démon des ouragans passait à la vitesse supérieure. Si ça continuait à ce rythme, il ne resterait bientôt plus rien de la ville.

Nous avons aidé comme nous l'avons pu ; dans le ciel, les éclairs prenaient une teinte violacée, rose parfois et, malgré l'ambiance de folie et de désolation, il y avait aussi, dans ces couleurs étranges, de la beauté. Jusqu'où fallait-il aller, pour tenir un serment ? Je ne pouvais pas continuer à me taire en assistant à la destruction progressive de Pumpkinfairy. Et où se cachait Xoxoloitzpatacoatl ? Quel mauvais coup préparait-il ? J'avais voulu tirer Herr Karotte à l'écart, mais il s'était dégagé d'un geste brusque, puis il avait fui en direction de l'hôtel.

Pourquoi le démon ne détruit-il pas les Sirènes-Vertes ? me suis-je demandé, tout à coup. C'était sans doute la présence des parchemins qui nous protégeait. Et aussi celle de la rhubarbe ? Mais comment savoir ? Xoxoloitzpatacoatl avait bien pu transformer maman à l'intérieur même de l'hôtel...

Le principal souci avec la magie, c'est qu'elle n'a pas de règles précises. On se contente de supposer. Donc, dans notre situation, il n'y avait aucun règlement établi. Tout ce qu'on savait – en tout cas, ce que moi, je savais –, c'était que le dieu-démon des ouragans était puissant, en colère, vert, qu'il avait des plumes-flammes, un bec, les yeux blancs, que la rhubarbe et certains parchemins le repoussaient. Que Karl von Karotte l'avait volé.

– Il faut faire parler le traître ! m'a chuchoté Ksenia d'un ton sinistre, comme si elle avait lu dans mon cerveau.

Chapitre 19

– *Nein !* Che n'oufre pas ! Allez empêter d'autres chens ! Je feux tormir, che zuis fatiqué !

– Laissez-nous entrer, von Karotte, *nemedlenno*[1] *!* a soufflé Ksenia, la bouche contre le trou de serrure.

– Chamais ! a grincé le nabot à capot. Chamais ! Je fous préfiens, che... che fais crier !

– *Da, da*, hurlez autant que vous voulez, Mme Puppy est restée à la poste pour aider les gens, nous sommes seuls dans l'hôtel !

– Alors che... ch'appelle la police !

– Bien sûr ! *Vy shutnik, ne tak li*[2] *!*

– Mais qu'est-ce que fous me foulez ?

1. Immédiatement !
2. Vous êtes un plaisantin, vous !

– Parler. Juste parler, a déclaré la très plausible espionne russe.

Nous avons entendu un juron germanique, le bruit des parchemins foulés par le pas lent de l'archéologue louche, puis la porte s'est entrouverte.

– D'abord, von Karotte, parlez-nous de cette cicatrice noire.

– Ooh, ça ? Z'est chuste une tache de naissance, rien te pien extraor...

– Ne commencez pas à mentir, von Karotte.

Le nabot à capot a marmonné :

– Un querrier-jaguar... Ch'ai eu une petite altercation afec un querrier-jaguar. Foilà tout.

– Ah oui ? Vous pouvez ouvrir votre chemise, von Karotte ? *Pozhaluysta*[1] ?

– Che... *nein*, che zuis très pudique, et...

– Von Karotte... ne m'obligez pas à vous déshabiller !

Le nabot à capot a déboutonné sa chemise en maugréant. Il avait, sur le torse, une multitude de marques semblables à celle qui tachait sa joue.

– Mmm... *Skrytnym*[2] ! J'en étais sûre ! Je me suis renseignée sur les guerrier-jaguars, ils ne se servent de ce type de pouvoir de brûlure qu'en cas d'absolue nécessité, pour défendre...

1. S'il vous plaît ?
2. Cachottier !

– Le Potpotratlil ! a continué l'archéologue, avec résignation.

Ma future petite copine a serré le poing.

– Je le savais !

– *Ja*… l'Éclair sacré ! a geint Karl von Karotte en se prenant la mèche à pleines mains.

J'ai croisé les bras.

– Quelqu'un serait-il assez aimable pour m'expliquer ?

Ksenia a lancé un coup de menton en direction du client de la 6.

– Ce pauvre fou va te raconter l'acte incroyablement stupide qu'il a commis.

– J'en ai ras le bol, von Karotte ! C'est quoi, le Potpot… l'Éclair sacré ?

– *Ach*, z'est un peu technique, che le crains…

– C'est la fin du monde, Ace ! l'a interrompu Ksenia.

– *Die Apokalypse, ja*…

– OK. Personne – je dis bien personne – ne sort de cette pièce avant que j'aie compris. Von Karotte, vous parlez de l'Apocalypse… la fin du monde… du monde entier ?

Le nabot à capot fixait obstinément le sol. Il a fini par lâcher :

– Z'est… Z'est très progressif. Za ne se fera pas en quelques chours…

Je me suis pris la tête dans les mains ; j'essayais de réfléchir.

– Ksenia ? Tu savais, pour la fin du monde, et tu ne m'en as pas parlé ?

– C'est-à-dire... il y a dix minutes, j'ignorais encore presque tout. Ma grand-mère n'avait pas eu le temps de me dire...

– Ta... grand-mère ?

– *Da.* Feodora Konstantinovna Pouchkina. Elle m'a envoyé un message, il y a exactement... neuf minutes. Je ne te le montre pas, c'est de l'alphabet cyrillique, tu ne comprendrais pas un mot.

– Qu'est-ce que ta grand-mère vient faire là-dedans ? Elle est du Guatamoli ? Avec un nom pareil, ça m'étonnerait...

– Non. Ma grand-mère Feodora est un ancien agent du Komitet Gossoudarstvennoï Bezopasnosti.

– ... Quoi ?

– Le KGB. Tu sais ce que c'est ?

– *Ach !* Ze n'est pas choli, choli ! est intervenu von Karotte. Z'étaient tes espions retoutaples, tes assassins sans scrupule, qui...

– Des espions ? Je le savais ! ai-je dit, me dressant comme un diable à ressort.

Mais Ksenia ne m'avait pas entendu. Elle répliquait à l'archéologue, avec raideur :

– Vous feriez mieux de la fermer, tant qu'on parle de « pas joli, joli », monsieur le voleur ! Ma grand-mère était juste une patriote, et vous, vous...

– Si ta grand-mère est une espionne, suis-je intervenu, elle ne peut pas nous aider ? Pour éviter la fin du monde ? Elle ne peut pas...

– Elle est à l'hôpital à Novossibirsk. Personne ne l'écouterait, même si autrefois elle était le meilleur agent de toute sa promotion ! Elle a reçu tellement de médailles qu'il n'y avait plus de place sur sa veste, il a fallu les accrocher sur son pantalon ! Mais aujourd'hui grand-mère a la maladie d'Alzheimer, et tout le monde croit qu'elle est gaga... Mais moi, je sais quand Feodora est lucide. Et elle sait tout sur tout. Elle m'a donné plein de renseignements sur le Potpotratlil, et sur Xoxoloitzpatacoatl... J'ai bien compris que ce sale égoïste stupide de von Karotte va tous nous faire tuer. Sauf si...

– Sauf si... ?

– Sauf si nous...

« SCHKRABOUM ! »

– Il est là ! Il est là, quelque part dans l'hôtel.

– Mais j'ai mis de la rhubarbe partout !

– Tu as bien entendu le « SCHKRABOUM », *niet* ?

– Che ne sors pas te ma champre !

– Ah, vous, von Karotte, espèce de... *truslivyy*[1], on ne vous a rien demandé !

---

1. Lâche.

– Che fous rappelle que che zuis professeur tiplômé d'archéologie !

– Taisez-vous ! ai-je chuchoté en levant la main. Vous n'entendez rien ?

Il y avait une voix. Oui, une voix, qui provenait du hall d'entrée. Nous nous sommes immobilisés, tendant l'oreille.

Ça disait :

– *C'è qualcuno ? Per favore ? C'è qualcuno ? Mamma mia, qué diluvio*[1] *!*

– Mon Dieu ! ai-je chuchoté ! C'est Xoxoloitzpatacoatl, n'est-ce pas, von Karotte ? Il dit qu'il va tous nous tuer ? Il... il fait des invocations magiques ?

– Non, je crois que c'est de l'italien, a dit Ksenia.

– Il... il parle aussi italien ? C'est grave, quand il parle en italien ? Ta grand-mère t'a expliqué quelque chose là-dessus ?

– Ace, je pense que ce n'est pas Xoxoloitzpatacoatl. Il faut aller voir.

– Ah, non ! Tu as bien entendu le « SCHKRABOUM ! », comme moi ! C'est un piège.

– J'y vais.

– Bon, je viens...

Dans le hall se trouvait un gros homme couvert d'un ciré immense qui offrait l'apparence d'un chapiteau de

1. Il y a quelqu'un ? S'il vous plaît ? Maman, quel déluge !

cirque. Il s'essuyait les cheveux avec la nappe qui recouvrait le guéridon de l'entrée. Lorsqu'il nous a aperçus, Ksenia et moi, il s'est redressé précipitamment.

– Eh ! *Ma ! Buongiorno*, vous êtes ouverts ?

– Euh... oui... je crois... ai-je répondu, avec suspicion.

– *Perqué*[1]... les autres hôtels de la ville sont tous fermés – *che razzia di Babilonia*[2] *!* – et j'aurais besoin d'une chambre...

– D'accord. Vous voulez une vue sur...

« CRAPROUF ! »

J'avais craint que le client italien ne soit un déguisement de Xoxoloitzpatacoatl. Mais à moins que le dieu-démon des ouragans n'ait eu l'idée saugrenue de se transformer lui-même en animal étrange, ce n'était pas ça. L'Italien – ou l'ancien Italien ? – s'est accroupi, et a enfoui sa tête entre ses genoux. Sa longue queue entourait ses chevilles. Ma future petite copine a fait un bond en arrière.

– *Chert*[3] *!*

– C'est un singe qui éternue ! ai-je dit. J'en ai vu sur YouTube ! C'est très rare ! Et...

Je me suis interrompu. Quelque part, pas loin du tout, Xoxoloitzpatacoatl guettait. J'ai regardé autour de moi, et c'est ainsi que j'ai remarqué que le vase contenant la

1. Parce que...
2. Nom d'un petit bonhomme !
3. Zut !

rhubarbe, dans l'entrée, était renversé. La plante était flétrie.

– Il est là ! ai-je crié. Il est dans le hall, il est...

Très lentement, le dieu-démon a repoussé le rideau derrière lequel il s'était dissimulé. Il m'a paru plus grand que dans mon récent souvenir. Il avait aussi l'air plus féroce.

Chapitre 20

– C'est l'heure, a dit Xoxoloitzpatacoatl.

– Ik, iiik, ik, ik, ik ! a répliqué le client italien avant de s'enfuir dans le couloir.

– L'heure de quoi ? a demandé Ksenia, d'une voix qui ne tremblait pas.

J'ai essayé de lui donner un coup de coude, mais elle était trop loin ; j'ai marmonné du coin de la bouche :

– Ne l'énerve pas !

Le dieu-démon a paru grandir encore. Ses yeux n'étaient plus tout à fait blancs, mais translucides, comme le verre opalescent de certaines ampoules, et une lueur vive brillait derrière cette façade laiteuse. Soudain, l'électricité a été coupée. Le temps était si exécrable que, depuis quelque temps, il fallait allumer les plafonniers en plein jour, sous peine de se retrouver dans la pénombre. Il faisait si sombre à cette heure que nous avons été plongés dans une quasi-obscurité. Les plumes-flammes de Xoxoloitzpatacoatl brillaient, étincelantes, extraordinairement multicolores, rappelant en plus vif un magnifique perroquet.

– Humains... Il va falloir du temps pour que se reconstitue votre espèce, car bien peu d'entre vous survivront. Peut-être parfois m'ennuierai-je, pendant ces millénaires.

Xoxoloitzpatacoatl a écarté les bras, et sa silhouette immense a dessiné une croix lumineuse, majestueuse et vive, dans le salon. Quelque part, loin derrière, du côté de la buanderie, j'ai entendu :

– Iiik ! Iiik, iik !

– LOLOTALI LOTA XAPATACA... PETZIXOMOTA... a commencé à réciter le dieu-démon, d'une voix qui a fait vibrer le miroir du hall comme s'il était face à des baffles surpuissants.

Je savais qu'il était en train de se produire un événement horrible. Vraiment, vraiment horrible.

– AMOXITOPATA... PAZAXOLOMOTO...

C'est tout l'hôtel qui s'est mis à vibrer. Et je sais aujourd'hui qu'à ce moment précis, notre ville de Pumpkinfairy, mais aussi tout notre État, et notre pays entier, et pour finir la planète, tout cela a été secoué par la colère de Xoxoloitzpatacoatl. Ksenia a bondi et posé ses doigts sur la poitrine du dieu-démon en criant :

– *Niet, niet, niet, podozhdite*[1] !

Elle a crié de plus belle en retirant vivement sa main, et une odeur de grillé a envahi le hall des Sirènes-Vertes.

– Tu l'as brûlée, espèce de... vautour ! ai-je braillé avant de me jeter sur le monstre.

Mais je n'ai même pas réussi à le toucher. Je me suis retrouvé collé au plafond. Et non, ce n'est pas une expression. J'ai eu soudain la figure pressée contre la peinture, tout près du lustre. J'étais complètement aplati, un peu comme ces personnages en plastique qu'on jette contre les fenêtres et qui y adhèrent en faisant un petit « splouk » mouillé. J'ai essayé de me débattre, sans succès. Ensuite, j'ai voulu regarder vers le bas, mais comme ma tête était immobilisée, j'ai juste pu rouler les yeux, et j'ai entrevu Xoxoloitzpatacoatl qui s'avançait vers Ksenia.

– Nle la tlouche plas, slale plourri, ai-je réussi à articuler.

(Essayez donc de parler avec le visage écrasé contre un plafond.)

– AZTATEKAZOTIQUITICATL ! a lancé le dieu-démon en penchant la tête vers ma future petite copine.

Ksenia a fait :

– Iouch !

Puis elle a regardé l'extrémité de ses doigts, et j'ai vu, en même temps qu'elle, que la brûlure était guérie.

– Tu me plais, a grondé Xoxoloitzpatacoatl. Je n'imaginais

1. Non, non, non, attendez !

pas qu'une humaine, surtout une enfant, puisse être aussi courageuse.

– Je ne suis pas une enfant, j'ai dix ans, a répondu Ksenia en examinant ses doigts redevenus roses. Comment faites-vous ça ?

– Les brûlures ? Oh, je ne fais rien, ce sont mes plumes-flammes.

– Non, pour guérir, je veux dire.

– Eh bien... je suis un démon, mais je suis aussi un dieu, n'est-ce pas ? Et, comme nous disons chez nous, APOTOPO QUALITALA XAGALIVANGA...

– Pardon ?

– C'est intraduisible, c'est de l'humour poltèque.

– Ace ! Qu'est-ce qui se passe, ici ?

– Maman !

Jane Puppy venait de pousser la porte d'entrée des Sirènes-Vertes.

– Ace ? Tu es... au plafond ?

« CRAPROUF ! »

Le singe qui éternue sautait sur la carapace de l'immense tortue des Galápagos. Je ne crois pas que cela faisait mal à maman, mais peut-être que ça l'énervait. Difficile à dire, car je n'ai personnellement jamais été transformé en tortue. Xoxoloitzpatacoatl a étiré ses longs membres couverts de plumes enflammées.

– Parle, enfant, plaide ta cause.

– Ma cause ? a demandé Ksenia.

– Tu m'as demandé d'attendre. J'ai attendu.

Soudain, j'ai compris que malgré les quelques phrases échangées et la guérison de la brûlure de ma future petite copine, le dieu-démon n'avait pas changé d'avis. Il s'apprêtait à reprendre là où il s'était arrêté : l'Apocalypse !

– On vla trlouver un mloyen de rléclupérer le Potpotratlil ! ai-je crié, ou plutôt tenté de crier, avec la bouche tordue.

J'imagine que Xoxoloitzpatacoatl aurait pu me déposer au sol délicatement, mais cette notion de délicatesse devait un peu lui échapper. Je suis tombé d'un coup – plaf ! – sur le tapis du hall. J'ai toussé, puis j'ai enchaîné, poussé par la panique :

– Oui, kof ! Kof ! On va vous le retrouver, votre Éclair magique !

– Sacré ! a tonné le dieu-démon. Le Potpotratlil est l'Éclair sacré !

– Oui, sacré ! Sacré, bien sûr, sacré !

« CRAPROUF » !

Le gros client italien s'est retrouvé tout nu, debout sur la tortue. Comme il avait été transformé avant maman, je suppose qu'il était normal qu'il redevienne humain avant elle. Apercevant Xoxoloitzpatacoatl, il a couiné :

– *Que diavolo è questo ? Aiuto ! Aiuto*[1] *!*

« CRAPROUF ! »

1. Qu'est-ce que c'est que ça ? Au secours !

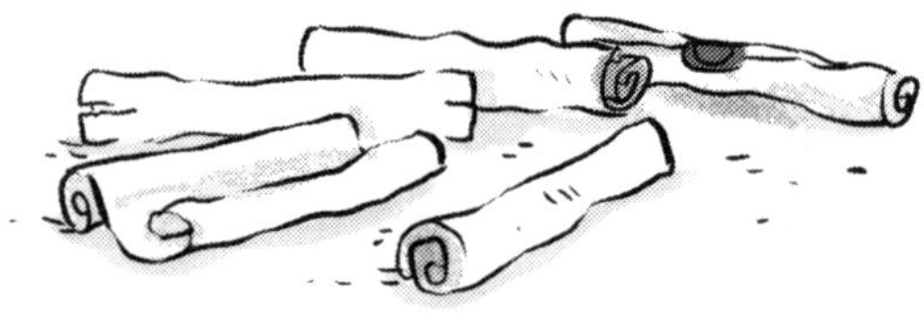

Chapitre 21

Là, au moins, il ne risquait plus d'écraser ma mère.

– Qu'est-ce que c'est ? ai-je demandé avec curiosité.

On aurait dit un gros hamster, avec un long pelage qui tombait jusque sur la carapace de maman, dissimulant les pattes du rongeur. Mais Ksenia a devancé la réponse de Xoxoloitzpatacoatl, et elle m'a dit, à voix haute, comme ça, devant le monstre :

– Tu ne devrais pas faire des promesses que tu ne peux pas tenir.

Mon cœur s'est brisé. Une seconde, j'ai cru qu'elle me trahissait.

Je n'ai pas exactement promis, j'ai juste laissé entendre qu'on pourrait retrouver son éclair, et c'est pour gagner du temps, bon sang, Ksenia, tu es devenue bête d'un coup, ou quoi ? Je veux sauver l'humanité de l'Apocalypse, je te ferai dire, OK ?

Je l'avais pensé le plus fort possible, tout en fixant ma future petite copine avec des yeux écarquillés, pour qu'elle comprenne. Mais il y avait une seule vérité, hélas : c'était moi qui étais mou de la tête. Parce que Ksenia avait un coup d'avance, aujourd'hui je le comprends. Si nous nous étions contentés de faire des propositions stupides comme celle que je venais d'énoncer, Xoxoloitzpatacoatl – qui devait avoir au cours des siècles été supplié par des centaines de victimes humaines prêtes à jurer n'importe quoi – aurait haussé les épaules, et nous y serions tous passés.

Au lieu de ça, en faisant semblant de s'en prendre à moi, la plus que certainement espionne russe a éveillé l'intérêt du monstre. Ksenia s'est approchée de lui, mais en évitant évidemment cette fois de le toucher, et elle a lancé :

– Nous avons une tradition familiale.

Xoxoloitzpatacoatl a mis ses poings sur ses hanches, ce qui équivalait à un : « Et alors ? C'est pas tout ça, mais j'ai une humanité à rayer de la carte. »

– Une tradition très utile. Et, chez nous en Russie, nous ne sommes pas comme ces misérables Américains qui promettent, qui promettent, qui font les fiers et qui croient tout savoir, et qui se vantent, bla-bla-bla…

C'est là que j'ai commencé à comprendre ce qu'elle faisait ; parce que je savais qu'elle aimait beaucoup l'Amérique.

Je l'ai interrompue une seconde.

– Chacun fera tout ce qu'il voudra, mais je demande que cette tortue soit mise dans la chambre de maman ! Il n'est pas question que ma mère se réveille à quatre pattes avec une espèce de... de souris à poils longs sur le dos !

Ksenia a regardé la tortue.

– Ace... elle pèse au moins trois cents kilos ! Elle est intransportable !

– *Baste*, a dit le dieu-démon.

La tortue immense, qui s'était envolée, m'a frôlé au passage. Elle flottait dans l'air comme si elle s'était trouvée dans l'eau, et elle s'est dirigée vers la chambre de ma mère. Le rongeur bizarre, qui était tombé sur le tapis, a commencé à en grignoter la frange.

– Quelle tradition ? a continué pour Ksenia le maître des ouragans, comme s'il ne s'était rien passé.

– *Sklavenhälter ! Hohlkopf ! Freibeuter*[1] *!*

On l'avait oublié un moment, mais il était là et bien là, à hurler des insanités en allemand. Qui d'autre que le nabot à capot, *alias* l'archéologue louche, *alias* Karl von Karotte, le voleur qui risquait de provoquer la fin du monde ? Il tremblait tellement qu'on aurait dit qu'il se tenait dans une rame de métro, à pleine vitesse. Et, évidemment, il brandissait ses fichus parchemins. J'imagine qu'il avait

1. Esclavagiste ! Triple buse ! Flibustier !

compris le sérieux de la situation, parce qu'il avait mis les bouchées doubles : non seulement il tenait ses parchemins dans chaque main, mais encore il en avait collé partout sur son corps, comme une armure d'écriture.

– AGALTAPOTO ! MARMAMOMO ! ACHA, ACHA, ACHA !

« SCHKRABOUM ! »

– *Niet ! Niet !* a crié Ksenia avec un temps de retard.

Mais c'était déjà fini. Xoxoloitzpatacoatl, vaincu par la magie des parchemins, avait disparu, comme l'image d'un téléviseur lorsqu'on appuie sur « off ». Ma future petite copine s'est jetée sur le client de la 6 et lui a tapé sur le crâne en s'égosillant :

– *Durachok ! Durachok*[1] !

Von Karotte poussait des gémissements lamentables.

– *Austch !* Arrêtez ! Z'est trop inchuste ! *Autsch !* Ch'ai encore saufé la situation !

J'en ai eu assez, mais assez, assez ! J'ai saisi l'archéologue par le devant de sa veste, déchirant au passage un parchemin, et je lui ai crié au visage :

– Crétin des Alpes ! Cette fois, c'est sûr, nous allons tous mourir !

Ksenia a attrapé ce qui restait du plastron de von Karotte, pour m'aider à le soulever du sol.

– Les parchemins ! Qu'est-ce qu'ils ont, ces parchemins ? Pourquoi ça marche sur le monstre ?

1. Andouille ! Andouille !

– Che... che fais tout fous tire...

« CRAPROUF ! »

Le client italien gémissait :

– *Ma !* Je ne comprends pas ! *Perqué, perqué...*

Ksenia, bien campée sur ses jambes, lui a répété :

– Oui, monsieur. Vous avez enlevé vos vêtements, et vous les avez jetés par la fenêtre. Nous sommes choqués !

Caché derrière le comptoir, le gros homme enfilait le pantalon qu'il avait sorti de sa valise. Il murmurait des mots sans suite, en fronçant et défronçant les sourcils, et j'avais un peu pitié quand même, mais il fallait sauver le monde, alors on n'avait pas le temps.

– Jamais ! Jamais je n'ai... *Que schifo*[1] *!* Moi ? Moi, me déshabiller en public ? C'est *incomprensibile*[2] *!*

– Nous vous demandons donc de quitter l'hôtel au plus vite, monsieur, a continué Ksenia, impitoyable. Quoi qu'il en soit, nous sommes complets.

– Bon séjour à Pumpkinfairy ! a-t-elle conclu, tandis que le malheureux Italien franchissait les portes des Sirènes-Vertes.

Puis elle s'est tournée vers Karl von Karotte.

– Vous avez exactement une minute pour tout nous raconter. Après, autant vous dire tout de suite que c'est le massacre.

1. Quelle horreur !
2. Incompréhensible.

– Fous... Fous n'êtes qu'une kamine ! Fos menaces ne me font pas...

– Vous connaissez ma grand-mère ?

– Fotre... ?! Che ne fois pas le rapport !

« CRAPROUF ! »

Cela provenait de la chambre de ma mère. J'ai fait deux pas pour me rendre dans cette direction, mais ma future petite copine m'a retenu par le bras.

– Le temps que Jane se secoue, et qu'elle se rhabille, ça nous laisse quelques minutes. On n'en finira jamais si on est interrompus à chaque fois par les « CRAPROUF ! ». Le temps nous est compté.

Une fois de plus, Ksenia avait raison. J'ai soufflé à Karl von Karotte :

– Parle, fripouille !

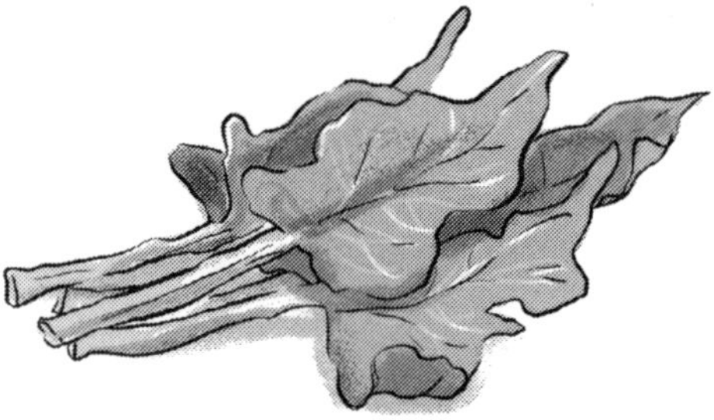

Chapitre 22

Karl von Karotte n'en était pas à son premier sale coup. On aurait pu s'en douter. Il était effectivement, comme l'avait deviné Ksenia, spécialisé dans le pillage des tombes et autres vestiges archéologiques, et il avait ainsi fait plusieurs fois le tour du monde à la recherche de butin. Mais aucun de ses larcins, cependant, n'avait jamais atteint les proportions de ce qu'il convoitait depuis des décennies : l'Éclair sacré poltèque du Guatamoli. On prétendait que, si ce n'était pas une légende, le prix de l'objet serait supérieur à celui de tous les trésors de la planète, sur terre ou sous les eaux. Mais était-ce vraiment un objet ? Car nul ne connaissait la composition de cet éclair. Or ? Émeraudes ? Platine ? Peut-être encore quelque chose d'autre, de plus mystérieux ?

– Che tefais safoir, fous comprenez ?

– Oui, bon, et alors, von Karotte ?

Alors, le voleur avait trouvé une carte dans une boutique chinoise délabrée du fin fond du Congo.

– *Wunderbar*[1] ! Ch'ai acheté la carte au fieux Chinois, et puis che n'ai plus eu qu'à suifre les intications tu tocument.

– Mais comment une carte du Guatamoli a-t-elle pu se retrouver chez un Chinois, et au Congo ? ai-je demandé.

– On s'en tamponne ! a lancé Ksenia. Il était où exactement, ce Potpotratlil ?

Le client de la 6 s'est redressé.

– C'est là que mon chénie s'est manifesté ! Grâce à mon intellichence protichieuse, ch'ai pu...

« CRAPROUF ! »

Celui-là... Celui-là, il avait été énorme. C'est-à-dire énormément énorme. En matière de craprouferie, je crois qu'on pourra difficilement faire mieux. L'onde de choc a brisé la fenêtre du hall d'entrée, et nous a couchés tous les trois, von Karotte, Ksenia et moi, comme des tiges de blé sous un vent violent. Il y a eu un long silence, irréel, puis la voix de ma mère a résonné, depuis sa chambre :

– Mon Dieu ! C'est le gaz ? Ace ? Ace ?

Une seconde plus tard, elle a débarqué dans le hall, pieds nus, en jean, avec un tee-shirt à moitié enfilé dans lequel elle se débattait.

1. Merveilleux !

– Tu... tu es là ? Tu n'es pas blessé ? Et toi, Ksenia ? Et vous, monsieur Karotte ? C'est l'orage qui a cassé la baie vitrée ? Nous n'aurons plus un carreau intact, à ce rythme ! Et ce bruit étrange, vous n'avez pas entendu ?

– Nous n'afons absolument rien ententu ! Pas frai, les enfants ?

Karl von Karotte avait l'air aussi franc qu'une huître avariée.

« Hi-han ! Hi-han ! »

« Meuuuuuh ! »

« Cocoricooooo ! »

« Glouk, glouk, glouk ! »

« Cui, cui-cui ! Cui, cui-cui ! »

« Grouik-grouik ! »

« Bzzzzz... »

« Grooooâââhrrr ! »

« Fshhhh ! Fshhhhh ! »

« Coin-coin ! Coin-coin ! »

Nous nous sommes regardés, tous les quatre. Cela provenait de l'extérieur, tout près. Ma mère a touché les feuilles de rhubarbe qu'elle venait sans doute de glisser dans les poches de son pantalon quand elle s'habillait, et elle a chuchoté, pour elle-même :

– Je suis réveillée ? Je suis bien réveillée ?

En guise d'échauffement pour l'Apocalypse, Xoxoloitzpatacoatl avait craproufé l'entièreté de la population de

Pumpkinfairy. Il n'y était pas allé de main morte : je crois qu'on a pu trouver dans le coin, à cet instant, une bonne proportion d'animaux de la planète.

Cette fois, évidemment, c'est devenu un peu difficile de continuer à dissimuler tout cela à Jane Puppy. Je lui ai expliqué la situation ; j'ai essayé, du moins, mais j'avoue que ce ne devait pas être très clair. Elle a été tellement furieuse qu'elle a pris von Karotte par le col, et a commencé à le secouer.

– Vous avez... vous avez osé mettre mon fils et ces pauvres gens en péril, espèce de cancrelat ? Ça ne va pas se...

« SCHKRABOUM ! »

Cette fois, le dieu-démon n'était pas apparu près de nous. Sans doute à cause des parchemins de Karl von Karotte qui l'en empêchaient, en plus de la rhubarbe dont Ksenia et moi nous étions également bourré les poches au moment de sortir de l'hôtel. Le monstre avait surgi au sommet d'une colline qui jouxtait les Sirènes-Vertes. Par quelque magie, sa taille avait grandi, et il avait créé une trouée dans le ciel noir, sa silhouette se détachant sur un coin de ciel bleu. Xoxoloitzpatacoatl avait conçu un écrin au cœur de l'orage, pour servir sa grandeur et sa magnificence. Pour mettre en scène sa puissance.

– *Shakal*[1] *!* Chien pourri ! Où est mon père ? a hurlé ma future petite copine en direction de la colline.

---

1. Chacal !

J'ai plongé mon visage dans mes mains.

– Non mais là, Ksenia, vraiment, là, il vaut mieux...

– Crevure ! s'est égosillée ma mère.

Je vous ai déjà dit, je crois, que Jane Puppy n'avait peur de rien, n'est-ce pas ? Mais je n'aurais pas cru qu'elle pouvait être aussi timbrée. Elle est partie en courant vers le monstre, en criant :

– Yaaaaa !

Ksenia l'a aussitôt suivie, avec un cri très similaire, si ce n'était l'accent russe. J'ai vociféré :

– Mais c'est un dieu-démon ! Qu'est-ce que vous allez lui faire ? Le... le plumer ?

Et puis je me suis rendu compte que je laissais ma propre mère, et la future mère de mes enfants, aller affronter un monstre.

Impossible.

Je me suis mis à courir, sans un regard vers von Karotte qui balbutiait :

– Xoxo... Xoxoxo...

Chapitre 23

– Approche, Muntumbo, j'ai un truc à te dire. Et c'est vachement pressé, parce que j'ai l'impression que je vais mourir.

– Vas-y, me prends pas pour une truffe, Gnou-garou. Au cas où t'aurais besoin de savoir, je ne suis pas né de la dernière pluie.

(Mais quand même, notre héros se demandait si ce n'était pas vrai, et qu'en fait le Gnou-garou aurait été plus gravement blessé qu'il n'en avait l'air.)

– Tu jures que tu ne vas pas faire un coup de vice ? Je connais tes ruses...

– Sur la vie de ma mère !

Le Gnou-garou cracha, mais Muntumbo ne vit pas que le monstre avait croisé les sabots, ce qui voulait dire que ça ne comptait pas.

J'ai essuyé sur mon short mes mains mouillées de transpiration. Ce suspens, ça me prenait, même moi, même si j'étais l'auteur. J'ai aussi voulu essuyer les touches de l'ordi avec un Kleenex, mais ça a tapé : « &aco"'neèù^x)éwxke,,d, xe^ù !=_zocn-due », alors j'ai arrêté. Puis, tout à coup, ce qui s'était passé le mois précédent m'est revenu. Évidemment, c'était un peu difficile à oublier...

Il fallait zigzaguer parce qu'il y avait des animaux partout, entre les Sirènes-Vertes et la colline. J'ai failli me faire écraser par un rhinocéros, et mordre par une espèce de belette. Une sorte de cheval, mais plutôt petit et avec une crinière en poil dur qui ressemblait à une brosse à parquet, s'est cabré devant moi avec un hennissement aigu. *Ça peut être n'importe qui* me suis-je dit. *Le principal du collège, la boulangère de la rue Watson, mon dentiste, un copain de classe...*

J'ai entrevu une seconde la possibilité d'une planète sur laquelle il n'y aurait plus eu d'humains que nous trois : maman, ma future petite copine et moi. Ah, oui, et aussi peut-être quelques cultivateurs de rhubarbe protégés sans le savoir...

Supposons que tout reste comme ça et qu'il n'y ait pas d'Apocalypse, il faudrait que je fasse des enfants avec Ksenia, pour repeupler la Terre, et... Oueurgl !

Je ne pouvais plus respirer. L'avant-bras de Karl von Karotte était pressé contre mon cou, et j'ai entendu sa voix froide, dans mon oreille :

– *Ich brech' dir das Genick*[1] *!* Fenez avec moi, mon garçon, ou che fous tuerai zans aucune pitié !

J'ai tenté de me débattre, mais l'archéologue moisi était beaucoup plus fort que je ne l'avais imaginé. Impuissant, j'ai été entraîné par le sale petit bonhomme ; presque porté par le cou, j'essayais juste d'avaler un peu d'air.

Le client de la 6 a fini par me lâcher, mais seulement lorsque nous nous sommes retrouvés dans un bus, dont il avait auparavant vidé les occupants (poulets, fourmis, veau, phacochère, et un bœuf musqué qui avait bien failli ne pas pouvoir franchir les portes à soufflet).

– Parfait ! Parfait, parfait ! a-t-il grincé en se frottant les mains. Personne de fiendra nous chercher tans cet *omnibus* !

– Que foulez... que voulez-vous, von Karotte ? Qu'est-ce qui vous prend ? ai-je dit d'une voix rauque, en massant ma gorge endolorie.

– Che feux garter mon petit trézor, foilà ce que che feux, *dummkopf*[2] !

– Je... je ne comprends toujours p... le Potpotratlil ! C'est vous qui l'avez !

– Che fois que ch'ai affaire à une intellichenze supérieure !

– Vous avez le Potpotratlil ! Depuis le début !

1. Je te casse le cou !
2. Imbécile.

Karl von Karotte, d'un geste théâtral, a remis en place sa mèche.

– *Nein*, che ne l'ai pas… sur moi. Mais che sais où il est. Che ne zuis pas assez pête pour le garder afec moi, foyez-fous…

– Et… il est où c'est qu'il est ?

(La nervosité me faisait un peu perdre mon anglais.)

– Hein, von Karotte ? Il est encore au Guatamoli ? Non, il n'est plus au Guatamoli, c'est sûr. Vous l'avez mis dans… dans une banque, en Suisse ? Aux Bahamas ? Vous vous rendez compte que Xoxoloitzpatacoatl s'apprête à déclencher l'Apocalypse ? Vous ne voyez pas qu'il a déjà transformé Pumpkinfairy en zoo ? Qu'est-ce qu'il vous faut de plus ? Vous êtes cintré, ou quoi ?

– Ch'ai mes parchemins, mon cher enfant. Moi, che zuis protéché, foyez-fous. Le reste, che m'en palanze comme te ma première parpoteuse.

– Mais… vous êtes un… un…

– Che zuis l'homme le plus riche tu monte, foilà ce que che zuis !

Von Karotte, qui m'avait couché de force sur une banquette du bus et s'était allongé à côté de moi, a soulevé la tête pour regarder par la vitre.

– Nous zommes un peu loin, mais che crois distinguer que fotre charmante maman et la petite *Nervansäge*[1] blonte

1. Peste.

dont fous confoitez les faveurs sont en train te tiscuter sérieusement avec notre tieu-témon…

J'ai essayé de me redresser en maugréant :

– Je ne convoite personne ! Laissez-moi voir !

L'archéologue-voleur-criminel en tout genre a appuyé un peu plus fort, jusqu'à me faire mal au cou.

– Maintenant que nous afons pien ri, passons aux chozes zérieuses. Che me fois contraint de quitter la réchion, mais fous allez t'apord me chercher le Potpotratlil, cher Ace, et me l'apporter.

– Et l'Apocalypse ?

– Che ne sais pas. Che fous afoue que che m'en fiche, on ferra pien.

– Vous croyez vraiment, espèce de taré de brindezingue de cinglé de malade, que je vais vous aider à provoquer la fin du monde ?

– Fous ne m'afez pas laissé finir ! Apportez-moi mon éclair, et che fous offre, à fous, fotre maman *und* fotre fiancée, assez de parchemins pour fous protécher.

– Non ! Je… À propos, qu'est-ce qu'ils ont, ces parchemins ? Pourquoi ils…

– Ce sont les écrits de Santa Petronila, une relichieuse tu XVIe siècle qui afait troufé un moyen d'annihiler les poufoirs tu tieu-témon. Elle a été la seule, alors chacun de ces parchemins faut te l'or, car il protèche te Xoxoloitzpatacoatl. C'est encore plus efficace que la rhuparpe !

– Ah, oui, et la rhubarbe, pourquoi la rhubarbe ?

– Che fous en pose, tes questions ? Pourquoi les orties fous piquent ? Pourquoi le sucre fait tu caramel quand il prûle ? Assez pertu te temps ! Fous allez filer chercher mon Potpotratlil !

– Il n'est pas à vous ! Il...

– *Ach, nein, wie Schade*[1]... Che crois que fotre mère est en train de rencontrer tes petits proplèmes avec le tieu-témon...

– Laissez-moi regarder ! Laissez-moi regarder, Karotte, sale...

– *Nein*, z'est trop horriple, ze n'est pas un spectacle pour un enfant !

– Arrêtez – de – humpf ! – m'écraser – ahhpff ! Ahhpff !

Rien à faire. Il était trop fort pour moi. J'ai cessé de lutter et j'ai compris qu'il allait falloir ruser.

– Oh ! Une pièce d'or !

– *Was ?*

– Là ! Sur le sol du bus ! Oui, c'est une pièce d'or !

– *Was erzählen Sie da*[2] ? Te l'or ? Où ça ?

L'archéologue a relâché la pression qu'il exerçait sur mes épaules, et il s'est penché pour regarder sous la banquette. J'ai sauté en l'air pour me dégager.

1. Quel dommage.
2. Qu'est-ce que vous racontez ?

Entraîné au passage par mon élan, von Karotte s'est cogné la tête contre l'accoudoir de plastique. J'ai entendu « bonk ! », j'ai vu ses yeux rouler en arrière, puis il est tombé dans l'allée, comme une masse, assommé net. En me précipitant hors du bus, j'ai été renversé par un jaguar.

Je répète : J'ai – été – renversé – par – un – jaguar.

Évidemment, dans sa frénésie de transformations, Xoxoloitzpatacoatl n'avait pas fait surgir que des animaux inoffensifs. Mais je ne m'étais pas du tout attendu à celle-là. C'est que lorsque j'avais dégringolé les trois marches du bus, mon attention était fixée sur le trio que formaient ma mère, Ksenia et le dieu-démon. Ils se trouvaient au sommet de la colline, et... ma future petite copine et maman flottaient dans les airs devant un monstre plus étincelant que jamais. Je pouvais, malgré la distance qui était pourtant considérable, entendre les protestations de Jane Puppy. (En fait je n'entendais rien du tout, mais j'imaginais très bien.) Bref, je ne regardais que cela. Je n'ai pas vu le fauve me foncer dessus ; il y a juste eu le choc, et après, j'ai eu droit à un gros plan de canines.

Chapitre 24

Il me faut ici remercier, avec la plus grande émotion, le cochon qui roulait dans le quartier avec une grosse fuite d'huile, parce qu'il m'a sauvé la vie. (« Cochon » doit s'entendre ici, pour une fois, au sens figuré. Disons : le conducteur dégoûtant.) En effet, quand le jaguar m'a bondi dessus, j'ai glissé sur la flaque visqueuse comme une savonnette sur un rebord de baignoire ; j'ai donc vu les dents du fauve de très près, et ses mâchoires se sont refermées – clac ! – à quelques centimètres de mon front. Le fauve, qui avait roulé près de moi, s'est ramassé ; ses muscles puissants roulaient sous sa peau tachetée, et j'ai remarqué combien sa tête était large ; ses yeux, hypnotiques. En revanche, il sentait le déodorant à la vanille. J'ai supposé que c'était ce qu'il avait gardé de l'humaine, ou de l'humain, qu'il était auparavant. Il a froncé son museau, puis s'est élancé à nouveau.

Et c'est dans l'air qu'il s'est transformé.

Ainsi, une petite grand-mère m'est tombée dessus.

Je ne sais pas quel âge elle avait, mais elle était très vieille et légère comme un moineau. Elle a atterri dans mes bras. Ses yeux étaient vert amande, très beaux, avec de longs cils naturels ; je me les rappelle exactement, parce que c'est ce jour-là que j'ai compris une chose que nous, les garçons, ne devons jamais oublier : les très vieilles dames sont aussi des femmes. Comme Ksenia, comme ma mère. Et si leur beauté se cache sous les rides et les cheveux blancs, elle est bien là. J'ai posé à terre la petite grand-mère, j'ai enlevé mon sweat-shirt, et je le lui ai enfilé. Elle était si menue, si frêle, que ça lui a fait une sorte de robe de chambre, pendant jusque sous ses genoux.

– J'étais en train de faire des courses ! Il me faut des boîtes pour Délicat ! a-t-elle murmuré, avec une expression étonnée.

– Délicat ?

– C'est mon chat !

Derrière nous, j'ai vu passer deux hommes, un petit et un très maigre, qui couraient en tenant autour de leur taille des journaux dépliés en guise de pagnes. Ils avaient l'air ahuri.

Xoxoloitzpatacoatl a fait cesser la transform... Maman ! Ksenia !

L'attaque du jaguar m'avait tant perturbé que je les avais oubliées. Je me suis retourné vers la colline. Ni le dieu-démon, ni ma mère, ni ma future petite copine ne s'y trouvaient. Et il ne pleuvait plus.

– Excusez-moi, madame, ai-je dit.

Puis je suis parti en courant comme un dératé. Pour retrouver les disparues, et aussi pour échapper à von Karotte qui finirait bien par se réveiller.

Il y avait des gens tout nus partout. J'ai failli me cogner dans la prof du CDI, Mme Löwenstein, qui d'ordinaire avait toujours l'air super sérieux. Et c'est comme ça que j'ai appris qu'elle avait un tatouage sur la poitrine : un cœur rouge entouré par « Killer ! Rebel for ever ! » en lettres bizarres. Mais on n'était pas là pour rigoler. Je devais retrouver les disparues. Quand je suis arrivé au sommet de la colline, il n'y avait personne. Devais-je retourner aux Sirènes-Vertes ? Appeler la police ? Mais les agents et les détectives étaient certainement très affairés à se trouver des slips et des caleçons.

Von Karotte ! Je dois remettre la main sur von Karotte !

J'ai descendu la colline à toute vitesse. Une fois arrivé au bus, j'ai hurlé :

– Sortez de là ! Sortez de là immédiatement !

C'était tout à fait déraisonnable de ma part, parce qu'en quelques minutes, Karl von Karotte n'était pas devenu plus faible, et moi, plus fort : je me serais fait ratatiner. Mais, lorsque je suis entré dans le bus, j'ai bien dû constater qu'il était vide.

Ace, sers-toi de ta tête ! Bon sang, Ace !

J'étais assis dans le bureau de maman, le visage entre les mains, après m'être bourré les poches de nouvelles feuilles fraîches de rhubarbe. Si Xoxoloitzpatacoatl nous faisait un nouveau petit caprice, j'aimais autant ne pas me retrouver transformé en limace, en dindon, ou en alligator.

Qu'est-ce qu'il faut faire ? Où sont-ils ? Ça va être l'Apocalypse ? Les parchemins ! Oui, les parchemins !

J'ai sauté sur mes pieds, puis je me suis rué vers la chambre de Karl von Karotte. L'archéologue de mes fesses n'était pas là, je le savais, mais ce que je voulais, c'était récupérer des parchemins. Et ça tombait bien, il y en avait partout. Il m'en fallait pour moi, il m'en fallait pour maman et pour Ksenia. J'ai tout ramassé, je suis descendu prendre un gros rouleau d'adhésif, et j'ai tout collé sur moi en attendant de pouvoir distribuer les parchemins à ma mère et à ma future petite copine. Et maintenant ? Je n'avais pas la moindre idée de ce que je devais faire. Je ne savais même pas où aller. Pourquoi von Karotte avait-il besoin de moi pour aller chercher le Potpotratlil ? Et il ressemblait à quoi, l'Éclair sacré ? Et où fallait-il chercher, pour trouver Ksenia et ma mère ?

Ace, tu as besoin d'aide ! Pense. Pense, pense, pense. Qui peut t'aider ? Qui ?

Sergueï Popovski ! L'espion de huit mètres !

Le fleuriste géant était en train d'enfiler une chemise lorsque je suis arrivé en courant, pour lui aboyer au visage :

– C'est... pfffff, pfff – c'est Xoxo ! Pffff, pfff, pfff ! Et Karotte ! Pfff ! Ils vont – pffff ! Pfff ! Ils vont...

L'agent secret a tendu les mains devant lui, comme s'il s'apprêtait à pousser une voiture.

– *Spokoyno*[1], *spokoyno*, jeune homme. Que se passe-t-il ? Où est Ksenia ?

– Justement ! Comme vous êtes du KGB et que tout le monde est à poil, et que l'éclair du Guatamoli a disparu, et qu'on doit aller le chercher pour échapper à l'Apocalypse, il faut que vous vous colliez des parchemins, et après, on va aller...

– *Bednyazhka*[2] *!* Tu t'es cogné, tu as fait un malaise ?

– *Niet !* Euh, je veux dire, non ! On n'a pas le temps ! Le dieu-démon va encore s'énerver !

– Mon garçon, il faut absolument te calmer ! Tu as pris des drogues ?

– J'ai dix ans !

– Et moi, je ne suis pas du KGB !

J'ai cligné de l'œil.

– Bien sûr, hé, hé, bien sûr, bien sûr. (Clic, clic, clic, faisait ma paupière.) Alors, vous allez m'aider ou pas ?

– Je suis fleuriste !

1. Du calme.
2. Pauvre petit !

– Hé, hé, hé ! (Clic, clic, clic !)

– Cette scène est ridicule ! Pourquoi as-tu ces papiers scotchés sur la poitrine ? Une bonne fois pour toutes, dis-moi où est ma fille !

Chapitre 25

À mesure que j'avançais dans mon récit, je voyais s'agrandir les yeux du géant. Quand j'ai fini, il a nerveusement tiré sur les pointes de sa moustache.

– Si je ne m'étais pas retrouvé tout nu, je ne croirais pas un mot de ce que tu viens de me raconter. Mais tu as donc laissé ma Ksenia en tête à tête avec un monstre !

– Euh, techniquement, ce n'était pas tout à fait un tête-à-tête, plutôt un trio, parce que ma mère était là aussi, et...

– Quand j'aurai retrouvé ma fille, tu ne t'en approcheras plus à moins de dix mètres.

– Mais, monsieur Popovski...

– Emmène-moi immédiatement sur cette colline !

– Ils ne sont plus là, monsieur Popov...

– Prenons ma voiture.

Cette fois, c'était cuit, pour que l'histoire reste secrète ; ou en tout cas, c'était mal parti : il y avait des gens tout nus partout, qui couraient ou avançaient au contraire très lentement, une main devant, une main derrière.

– Qu'est-ce que vous étiez ? ai-je demandé à Sergueï Popovski.

Concentré sur la route, il a répondu par un :

– Mmmm ?

– Qu'est-ce que vous étiez, comme animal ?

Puis j'ai compris que ma question était idiote, parce que le géant s'était simplement retrouvé sans ses vêtements après être redevenu humain. Il ne pouvait se rappeler plus de détails ; et si d'autres l'avaient vu, ils étaient eux-mêmes à cet instant transformés en bêtes.

– Laissez tomber. C'est idiot.

– Jamais la police ne me croira, a soudain laissé échapper le fleuriste, d'une voix rongée par l'angoisse.

J'ai su qu'il n'avait pas écouté un mot de ce que je lui avais dit. Il pensait à voix haute.

– Je dois rêver, a encore murmuré l'espion des glaces.

Moi aussi, j'aurais bien voulu qu'il ne s'agisse que d'un cauchemar. Je n'arrivais pas à croire que je puisse ne jamais revoir ma mère et ma future petite copine.

– Nous arrivons, ai-je dit, d'une voix qui tremblait.

– Tu es certain que c'était là ?

– Monsieur Popovski... C'est la seule colline à dix kilomètres alentour.

– Il est... il est vraiment... ? C'est vraiment... ?

Jamais je n'avais vu le père de Ksenia dans cet état. Il ne faisait plus du tout espion. Peut-être que son amour pour ma future petite copine le diminuait ? J'imagine que même les agents secrets les plus impitoyables ont des faiblesses sentimentales.

– Quoi, monsieur Popovski ?

– Il est vraiment... malveillant, ce Xoxo... ?

C'est-à-dire que dans « dieu-démon », il y a « démon », n'est-ce pas, alors je crois qu'on peut raisonnablement penser qu'il n'est pas là pour faire des bouquets de pâquerettes, ai-je pensé, avant de demander :

– Et la grand-mère de Ksenia ? Elle ne peut pas nous aider ?

– Qu'est-ce que tu racontes, encore ?

– Fedorora Konostantnazomba Poukinkcha...

– Tu veux dire Feodora Konstantinovna Pouchkina ? Ma belle-mère ? Que vient-elle faire là-dedans ?

– Eh bien, elle est comme vous, vous savez, elle est du... (Clic, clic, clic !)

Sergueï Popovski a tourné les talons, pour descendre la colline. Je l'ai entendu marmonner dans sa barbe. Tout à coup, j'ai discerné quelque chose dans l'herbe. J'ai regardé de plus près...

– Attendez ! ai-je crié. Attendez, monsieur Popovski ! Revenez !

– Vous voyez, là, et là, des traces de brûlure !

– *Da*, et alors ?

J'ai levé la tête pour regarder le géant. Il était assez navrant, comme espion.

– Et alors, ce sont très certainement des plumes de Xoxoloitzpatacoatl qui se sont détachées quand il s'est disputé avec maman et Ksenia, et...

– Ne me fais pas perdre mon temps, mon garçon. Je dois...

– Vous devez rien du tout ! l'ai-je interrompu en levant la voix. Vous ne voyez pas que ces brûlures font des traces, et que ça part dans cette direction ? Il faut les suivre.

– Ça pourrait être n'importe quoi.

– Faites comme vous voulez, monsieur Popovski. Moi, je vais voir où ça conduit.

– Cette histoire est absurde !

– Vous l'avez déjà dit.

Sous la pluie battante de ces derniers jours, on n'aurait rien distingué. Mais maintenant que le soleil était revenu, il était plus facile de suivre les taches brunes dans le gazon. J'avançais courbé en deux, me crevant les yeux pour ne pas perdre la piste, lorsque Sergueï Popovski m'a posé la main sur l'épaule.

– Mon garçon... Nous sommes devant les égouts.

Ça faisait « glou-glou-glou », et encore « blork-blork », et « plouac-plouac-plouac ». C'est que le conduit peinait à évacuer toute l'eau des jours précédents. Il y avait une sorte de trottoir sur le rebord et, constamment éclaboussés par le courant écœurant, nous avancions pas à pas, l'agent secret et moi. Sergueï Popovski avait sorti de sa poche une minuscule lampe de poche-porte-clés, et c'est à cette seule lueur que nous étions descendus sous la surface, à peut-être cinq mètres de profondeur.

– Nous ne trouverons plus une seule trace de brûlé ici, ai-je chuchoté.

Mais j'avoue que c'était la terreur – bien plus que la logique – qui m'avait poussé à faire cette déclaration.

– J'irai jusqu'au bout, maintenant ! a répliqué le fleuriste avec un accent russe tellement prononcé qu'on aurait dit une publicité conjointe pour la vodka, le caviar et les chapeaux en fourrure.

Moi aussi ! C'est vrai, moi aussi ! Je dois sauver maman, je dois sauver Ksenia, et je dois sauver le monde !

Puis j'ai entendu la bourrasque, dont le vacarme l'emportait sur les glouglous des égouts.

Chapitre 26

Herr Karotte était collé à la paroi circulaire de la canalisation, par la force considérable d'un vent si puissant qu'il commençait à arracher des débris de ciment à la maçonnerie. Il n'avait apparemment plus un seul parchemin sur lui. Xoxoloitzpatacoatl, dont le corps luisait dans l'obscurité des égouts, était en train de clamer :

– Chien ! Je t'ai arraché tes talismans ! Tu n'as plus d'autre recours que me rendre l'Éclair sacré ! Sans cela, tu...

Saisi dans le faisceau de la torche du géant, il s'est interrompu, et s'est tourné vers nous, laissant échapper une sorte de feulement.

– Où est ma fille ? a crié Sergueï Popovski.

On entendait la peur dans sa voix ; mais aussi une grande résolution.

– Et maman ? Où est-elle ? ai-je renchéri.

Le dieu-démon, sans plus nous prêter attention, s'est tourné vers Karl von Karotte. Il m'a semblé que le vent étrange augmentait encore, et j'ai entendu gémir le vilain petit bonhomme. Xoxoloitzpatacoatl s'est à demi accroupi, comme s'il allait sauter sur sa proie.

– Pauvre dément ! Dérisoire voleur ! Tu avais donc oublié que tes parchemins ne protègent plus près de l'eau croupie ? Entre toutes les cachettes, idiot, il a fallu que tu choisisses des égouts ! Parle ! Parle ! Où est mon Potpotratlil ?

– Je veux ma fille ! a hurlé le fleuriste king-size en avançant vers le monstre.

Le démon des ouragans l'a considéré ; une seconde, j'ai cru qu'il allait le pulvériser, et peut-être moi avec lui, puisque les parchemins que j'avais emportés étaient ici inutiles. Je ne saurai jamais ce qui s'était produit en Xoxoloitzpatacoatl ; qui sait s'il n'était pas apaisé d'avoir pu mettre la main sur celui qu'il poursuivait depuis si longtemps ? Ainsi, au lieu de tuer le géant, il a jeté :

– La femme et l'enfant sont sorties par l'extrémité du conduit, là, derrière. Passez près de moi, n'essayez pas de me nuire, et vous les retrouverez vite.

Pour sortir, il fallait se coller contre la paroi, en touchant presque le dieu-démon. Collé au mur opposé, il y avait von Karotte, punaisé comme un papillon dans la vitrine d'une collection de maniaque. On ne le voyait plus, maintenant que le faisceau de la torche n'était plus sur lui, mais, par-dessus le bruit du vent concentré, je l'ai entendu qui grinçait :

– *Nein ! Nein ! Lassen Sie mich in Ruhe*[1] ! Che réclame un afocat ! Ch'ai troit à un procès ! Che prouferai mon innozence !

Il était si ridicule dans sa fripouillerie que j'ai senti mon cœur flancher.

– Qu'est-ce que vous allez lui faire ? ai-je demandé à Xoxoloitzpatacoatl.

Le monstre n'a pas répondu.

– Dites-nous que vous n'allez pas le tuer ! Juste lui reprendre l'Éclair sacré !

– Ace ! a grondé Sergueï. Viens !

Je sais que c'était idiot. Mais nous, les hôteliers, nous devons protéger notre clientèle. J'ai crié à Karl von Karotte :

– Arrêtez de vous entêter ! Rendez le Potpotratlil ! Vous avez déjà failli provoquer l'Apocalypse, ça ne vous suffit pas ?

– Arrrrr... n... n... *Nein !* a grincé le nabot.

– Mais vous ne voyez pas qu'il va vous torturer jusqu'à ce que vous parliez ? Vous êtes bête comme...

– Ace, *radi vsego svyatogo*[2], viens avec moi ! m'a ordonné Sergueï Popovski qui avait progressé, plus loin, dans le conduit obscur.

– Attendez ! Attendez...

1. Non ! Non ! Laissez-moi tranquille !
2. Pour l'amour de Dieu.

– Va, enfant, a lâché le dieu-démon, impatient. Va, te dis-je.

– Non, non, je... je sais ! Je sais ! J'ai trouvé !

– Enfant, tu uses ma patience.

– Menacez de lui brûler sa mèche !

– Mèche ?

– Oui, ses derniers cheveux ridicules, tout longs, là, qu'il rabat sur son crâne... Vous allez voir. Von Karotte ! Eh ! Von Karotte ! Ça ne vous dérange pas si on vous crame les cheveux ? Ou plutôt ce qu'il en reste ? Hein, von Karotte ?

L'archéologue était dans la pénombre, à peine éclairé par la luminosité du corps de Xoxoloitzpatacoatl. Il a gémi :

– Fous êtes tes monstres ! Fous êtes ignoples ! Fos procétés sont inqualifiaples ! C'est un crime contre la... contre le...

– Contre la coiffure ? ai-je suggéré.

– *Mörder*[1] *!* Pas ma mèche ! Fous n'afez pas le troit !

– Alors, il va falloir parler, von Karotte. Où est l'Éclair merveilleux ?

– Sacré. L'Éclair sacré, a précisé Xoxoloitzpatacoatl.

– Vous êtes sauves ! s'est exclamé Sergueï Popovski en apercevant Ksenia et maman qui étaient sorties des égouts un peu plus loin, grâce à l'escalier que nous venions nous-mêmes d'emprunter. Elles essayaient de nettoyer leurs bas

1. Assassin !

de pantalon à l'eau du robinet qui était sans doute placé là pour les égoutiers.

– Papa ! a crié Ksenia.

– Ace ! a lancé maman, en écho.

Tout le monde est tombé dans les bras de tout le monde. C'était magnifique.

– Que s'est-il passé ? a demandé le fleuriste.

Ksenia a haussé les épaules.

– Papa, je suppose que tu sais, pour le monstre, et tout.

– *Da.*

– Mme Puppy et moi, nous étions en train de... discuter avec Xoxoloitzpatacoatl, quand il a... senti, ou entendu, ou perçu quelque chose. Et il nous a entraînées dans les égouts.

– Il est très fort, a-t-elle ajouté, comme à regret, après une hésitation, et j'ai su qu'elle avait honte de n'avoir pu tenir tête au dieu-démon.

– Et là, il y avait ce... ce... ce von Karotte. Dès lors, nous ne l'avons plus intéressé. Il nous a laissées partir. Et vous ?

J'ai expliqué notre part de l'aventure.

– Vous êtes descendus dans les égouts à notre secours ? a demandé ma mère à Sergueï.

Celui-ci a rougi.

– Et von Karotte ? m'a questionné Ksenia.

– Il a parlé. Il a dit à Xoxo où était l'Éclair sacré.

– Mais... il a dû subir des atrocités !

– Euh, en fait, non.

– Ah bon ?

– Nous devons prévenir les autorités ! a lancé le fleuriste. J'appelle la police.

– Oui, Sergueï ! a dit ma mère. Dites-leur bien que, euh…

L'idée a flotté dans l'air, entre nous quatre : celle d'un homme au fort accent russe appelant le commissariat pour dire qu'un dieu-démon, auquel on avait volé un éclair magique, était venu à Pumpkinfairy pour y déclencher des tempêtes, parce que le voleur, un certain Karl von Karotte, se trouvait chez nous mais ne pouvait être atteint par les sortilèges, sauf s'il était séparé de ses parchemins, sans rhubarbe fraîche, ou s'il se trouvait dans un endroit où il y avait de l'eau souillée, parce qu'alors les talismans ne fonctionnaient plus, et aussi que, bien entendu, le dieu-démon en question avait transformé un temps toute la ville en réserve animalière, ce qui expliquait pourquoi, ensuite, il y avait eu tant de gens nus dans les rues, et…

– … *Niet*, a murmuré le géant en rempochant son téléphone.

– Vous avez raison, Sergueï, a murmuré maman. Ils vous enfermeraient avec ces gens qui se prennent pour Napoléon et qui mangent des araignées.

Chapitre 27

J'ai claqué des doigts.

– Le nichoir à rouges-gorges ! C'est la cachette ! Il faut y aller, vite !

– La cachette de quoi ? a demandé Ksenia. La... oh ! La cachette du Potpotratlil ?

– Le nichoir à rouges-gorges du chêne devant les Sirènes ?

– Oui, maman ! On y va !

Ksenia est partie en courant à une vitesse supersonique. Du coup, je l'ai suivie. Et j'ai vaguement vu que, derrière moi, Sergueï Popovski et ma mère nous emboîtaient le pas.

Xoxoloitzpatacoatl était accroupi sur la branche basse du chêne ; cela le faisait, plus que jamais, ressembler à un immense oiseau. Quant à Karl von Karotte, il était suspendu. Suspendu à rien : il flottait, la tête en bas, tout près de l'arbre.

Le monstre étincelant nous a aperçus, au moment même où il plongeait la main – la serre ? – dans le trou du nichoir. L'expression de son étrange visage était faite de ravissement, mélangé à de l'impatience.

– Regardez ! a laissé échapper Ksenia, dont les joues, à cause de la course, étaient marquées par deux taches rouges.

Le bras-aile du dieu-démon – celui qu'il avait plongé dans le nichoir – s'est illuminé avec une telle violence qu'il m'a ébloui comme si j'avais fixé le soleil ; puis cela s'est propagé au corps tout entier. Les plumes du monstre se sont ébouriffées, projetant dans l'air des flammèches, des escarbilles. Si le chêne n'avait été détrempé par la pluie des jours précédents, peut-être se serait-il enflammé. Mais ses feuilles gorgées d'eau ont juste émis un mélange de vapeur et de fumée blanche.

– ARAK CHAPAK XOLOMOTOMOAC ! a crié Xoxoloitzpatacoatl, en se redressant sur la branche.

Je ne sais pas ce que cela signifiait, mais ça avait l'air de lui faire plaisir.

L'Éclair sacré est dans son poing, il faut que je voie à quoi ça ressemble, autrement je n'en dormirai pas pendant trois mois, me suis-je dit. *Il faut que je lui deman...*

– Montrez-nous l'Éclair !

C'était Ksenia, évidemment, qui s'était avancée, et elle a continué :

– Après tout ça, on a le droit !

Le dieu-démon, qui brillait toujours de son extraordinaire éclat, a lâché, dédaigneux :

– Qu'avez-vous fait pour le mériter ?

– Alors ça, c'est la meilleure ! *Neblagodarny*[1] *!* Avec tout le mal que nous nous sommes donné pour mfffff ! Mmmmmffffmmmm !

Sergueï Popovski venait de poser sa large main sur la bouche de sa fille.

– Alors, nous ne verrons pas l'éclair ? ai-je soupiré. Vous pouvez au moins nous dire ce qu'il y a dedans ?

– « Ce qu'il y a dedans » ? Ce n'est pas un gâteau-surprise, humain. C'est l'Éclair…

– … Sacré, oui, pfff, on sait…

– Il est temps pour moi de partir. Je saurai me montrer grand seigneur, pour récompenser vos piètres efforts. Le sort d'amnésie que je vais lancer ne vous concernera pas, Ksenia et Ace. Mais les autres habitants de cette misérable ville en resteront à des interrogations.

– Attendez un petit peu ! s'est indignée Jane Puppy. Vous voulez dire que vous allez effacer la mémoire de tout le monde… sauf celle des deux petits ? Mais moi, je ne veux pas !

– Mais vous devez, enfants, faire vœu de silence sur ces événements, a continué Xoxoloitzpatacoatl en ignorant complètement ma mère. Autrement, je l'affirme, moi,

1. Ingrat !

dieu-démon des ouragans, c'en est fini de votre ville. Et pour ce qui est de cet infâme von Karotte, je vais...

– Ne le tuez pas ! avons-nous crié, ensemble, Ksenia et moi.

– ... je vais le rendre inoffensif pour toujours, car il a assez fait de mal.

– *Nein, nein,* pas inoffensif ! Z'est horriple, che ne feux pas être inoffensif ! a grommelé l'archéologue moisi.

« CRAPROUF ! »

C'est Ksenia qui s'est reprise la première, balbutiant :

– Il lui faut de l'eau de mer !

– L'océan est juste à côté, j'y vais ! ai-je répondu en démarrant comme un missile.

– Je t'accompagne ! a dit ma future petite copine – espionne russe –, belle blonde venue du froid.

Heureusement, une pieuvre, ce n'est pas un poisson. Ça tient plus longtemps à la surface. C'était en tout cas ce que je me répétais, en rapportant avec Ksenia la bassine pleine d'eau de mer. Il m'était venu à l'esprit de jeter la petite bête bleue dans l'océan, mais que se passerait-il si le dieu-démon revenait sur sa décision, et rendait von Karotte à sa forme première ? Si l'archéologue redevenait humain à cinquante mètres de profondeur ? Le risque était trop grand.

Lorsque nous sommes revenus aux Sirènes-Vertes, nous avons trouvé maman et Sergueï qui contemplaient, l'air ahuris, la pieuvre qu'ils avaient posée sur une table de la terrasse.

– Vite ! Vite ! ai-je haleté, avant d'attraper l'animal et de le jeter dans la bassine. Ouf ! Où est Xoxo ?

– Chocho ? a demandé ma mère. Qu'est-ce que c'est ? Et d'abord, qu'est-ce que cette pieuvre fait ici ?

– Mais... maman ?

– C'est étrange, je serais venu ici sans voiture ? a grommelé Sergueï Popovski. *Strannoy, strannoy*[1]...

Ksenia m'a regardé. Je l'ai regardée.

Xoxoloitzpatacoatl !

– Il est parti !

– Il est parti sans dire au revoir ! *Eto otvratitel'no*[2] !

Jane Puppy a froncé un sourcil.

– Mais enfin... de quoi parlez-vous ?

Comme toujours, c'est Ksenia qui a sauvé l'affaire :

– Le copain qui nous a apporté la pieuvre nous avait promis un bocal. Mais il est parti, et voilà.

– Ah bon, parce qu'on nous a donné cette pieuvre, alors ?

Il était temps que je me rattrape. J'ai inventé au fur et à mesure.

– Oui, euh, parce qu'il y a une étude, euh, qui dit que, euh, la clientèle hôtelière a un taux de satisfaction de, euh,

1. Bizarre, bizarre.
2. C'est dégoûtant !

22 % supérieur, quand il y a, euh, une pieuvre dans un aquarium... dans le hall d'entrée.

– Ah oui ? Je serais curieuse de lire cette étude !

– Au moins, vous n'aurez pas à la promener, est intervenu Sergueï Popovski. Et elle ne vous ruinera pas en croquettes.

– Je vous demande pardon ?

– Ma fille veut un border collie. Avec une pieuvre, vous êtes tranquille !

– ... Mmoui. C'est vrai qu'elle est mignonne, cette petite bête ! Regardez comme elle agite ses tentacules ! On jurerait qu'elle veut nous dire quelque chose !

Elle dit nein, nein, nein, *voilà ce qu'elle dit*, ai-je pensé. *Elle dit che n'ai plus te chefeux, z'est un scantale !*

– Vous avez remarqué ? Il ne pleut plus ! a ajouté le fleuriste géant.

Chapitre 28

Pumpkinfairy se reconstruit. Nous avons une poste toute neuve, et le soleil revenu attire à nouveau les touristes. Dans peu de temps les Sirènes-Vertes rouvriront, pour accueillir, c'est sûr, une myriade de clients. Le plus dur a été de faire croire à maman que Karl von Karotte, le client de la 6 mystérieusement disparu, nous avait laissé un tas de billets pour investir dans l'hôtel. Ce qui m'a beaucoup facilité les choses, c'est l'amnésie. Parce que maman – mais pas seulement elle, la ville entière – n'avait pas les idées claires. Je voyais bien que les gens s'efforçaient de faire comme si de rien n'était pour ne pas passer pour des farfelus, mais que personne ne pouvait vraiment dire ce qui s'était produit au cours des jours précédents. Jane Puppy avait donc fini par me dire :

« Utilisons cet argent pour la réfection des Sirènes, puisque tu me dis que ce gaillard y tenait tant. S'il revient, nous pourrons de toute façon le rembourser avec les bénéfices faits avec la clientèle...

– Oui, maman. »

J'avoue que j'en ai gardé une partie. Seulement ce que Karl von Karotte m'avait donné au départ, ça me semble juste. On est gentleman ou on ne l'est pas : j'ai fait aussi envoyer à l'hôpital de la grand-mère de Ksenia, Feodora Konstantinovna Pouchkina, une énorme boîte de chocolats.

Il y a deux jours, Sergueï Popovski est venu aux Sirènes-Vertes, en tenant sous son bras une boîte noire oblongue. Quand il est arrivé, avec ses dix-huit mètres, sa moustache, et son air sombre, j'ai eu comme le pressentiment qu'il allait se passer quelque chose de grave. J'ai regardé la pieuvre bleue, dans son aquarium tout neuf (je lui avais pris un modèle de luxe avec des algues, un coffre de pirate, une ancre, et tout, parce que c'était quand même son argent), et je l'ai vue qui s'agitait frénétiquement.

Toi aussi, tu voudrais bien savoir où est passé le dieu-démon ! lui ai-je dit en pensée. *Ça t'arrangerait bien, un petit « CRAPROUF ! »...*

– Jane, je ne suis pas ce que vous croyez, a déclaré le géant à maman, tout de go.

Elle a lâché sur un guéridon le cutter qu'elle utilisait pour poser la moquette.

– Comment ça, Sergueï ?

– Je ne suis pas... *kak skazat'*[1]... je ne suis pas seulement fleuriste.

Et voilà. Je l'aurais juré. Est-ce qu'il allait tout lui dire ? L'espionnage ? Les meurtres horribles ? Les micro-USB cachées dans les talons de chaussure, les lunettes de soleil avec communication par satellite, les...

– Je suis aussi un obtenteur.

– ... Sergueï ?

Ça avait l'air horrible. Ce devait être une variété d'espions particulièrement vicieux, peut-être même... mais oui, un spécialiste de la torture, qui pouvait obtenir n'importe quoi.

– « Obtenteur » est un mot un peu savant, pardonnez ma cuistrerie, Jane, a continué le géant, en tendant le paquet noir à ma mère. Disons pour simplifier que je suis un pépiniériste.

– C'est pour moi ? a demandé maman avec un soupçon d'appréhension.

– *Da.*

Jane Puppy a ouvert le paquet en prenant de grandes précautions – pour tout dire, comme si le contenu allait lui exploser en pleine face. C'était une rose magnifique, à la tige interminable, dont les pétales rouges étaient terminés par une légère frise blanche.

– Pépiniériste rosiériste, a précisé le grand moustachu. Je crée des nouvelles variétés. Mais c'est très secret.

---

1. Comment dire.

– Oh, Sergueï, quelle splendeur !

– Elle s'appelle – hum – la *Royal Jane*.

– Oooooh... Sergueï !

Je sais ce que vous vous dites. Pas besoin d'en raconter plus.

Non, pas besoin.

Épilogue

Muntumbo regarda la fusée qui prenait de la vitesse, laissant derrière elle une traînée de flammes et de fumée.

– Une bonne chose de faite, pas vrai ? dit-il.

Tatiana le regarda avec admiration.

– Vous êtes vraiment trop fort, Mumu ! Maintenant le Gnou-garou va se retrouver sur Mars ! Grâce à vous la Terre est sauvée...

– J'aime bien quand vous m'appelez Mumu. Moui, je crois qu'il en a pour au moins trois semaines de voyage et après, pour qu'il répare la fusée là-bas et tout, ça nous laisse du temps...

– Du temps pour quoi ? demanda l'espionne russe en battant des cils. (Ils étaient tellement longs que quand Tatiana clignait des yeux, ça faisait de l'air.)

– Pour ça ! répliqua judicieusement Muntumbo.

Il se pencha, prenant avec force les épaules de la beauté venue du froid dans ses mains musclées, tandis qu'elle lui tendait ses lèvres pleines de rouge à lèvres...

– Ace ? Tu viens te baigner ? *Poshli*[1] ! L'eau est super bonne !

– J'arrive ! J'arrive !

FIN

1. Viens !

© Lucia Calfapietra

Dans la famille de Kiet, les hommes sont dresseurs d'éléphants depuis toujours. Et il n'est pas question que le jeune garçon échappe à cette tradition. Le jour de ses dix ans, Kiet accompagne donc son père, l'impitoyable Lamon, pour capturer son premier éléphanteau. Là, dans la forêt, il fait une rencontre bouleversante, qui unit à jamais son destin à celui de l'éléphant qu'il doit asservir. Car si la chasse est violente, le dressage l'est encore plus. Telle est la terrible loi du Phajaan. Cinquante ans plus tard, désormais fervent défenseur de la cause animale, Kiet se souvient…

Un récit d'une intensité à couper le souffle,
au cœur de la forêt thaïlandaise.

Un coup de foudre sous la lave

Sine, 15 ans, se retrouve orpheline et contrainte de quitter New York pour aller vivre à Hawaï chez son abjecte grand-mère Abigail. À peine a-t-elle le temps de poser ses valises que les volcans de l'île se réveillent et plongent l'archipel dans le chaos le plus total. Au cœur de ce décor apocalyptique, Sine croise la route du jeune Holokai, dont le charisme et « l'aloha spirit » provoquent immédiatement en elle un séisme… amoureux.

Ensemble, ils vont prendre tous les risques et braver les éléments déchaînés, autant que leurs propres démons.

13, rue de l'Odéon
75006 Paris
www.didier-jeunesse.com
Illustrations : Églantine Ceulemans
Graphisme des bonus : Éléonore Joubaire
Composition, mise en pages et photogravure : IGS-CP (16)
ISBN : 978-2-278-12075-8 • Dépôt légal : 2075/01
N° d'impression : 2200860
Loi n° 49-956 du 16 juillet 1949 sur les publications destinées à la jeunesse

Achevé d'imprimer en France, à Alençon, en avril 2022 chez Normandie Roto Impression s.a.s., imprimeur labellisé Imprim'Vert, sur papier composé de fibres naturelles renouvelables, recyclables, fabriquées à partir de bois issus de forêts gérées durablement.